中國歷史人物故事系列
人物
管家琪/文・顏銘儀/圖
100位名人召集令 1

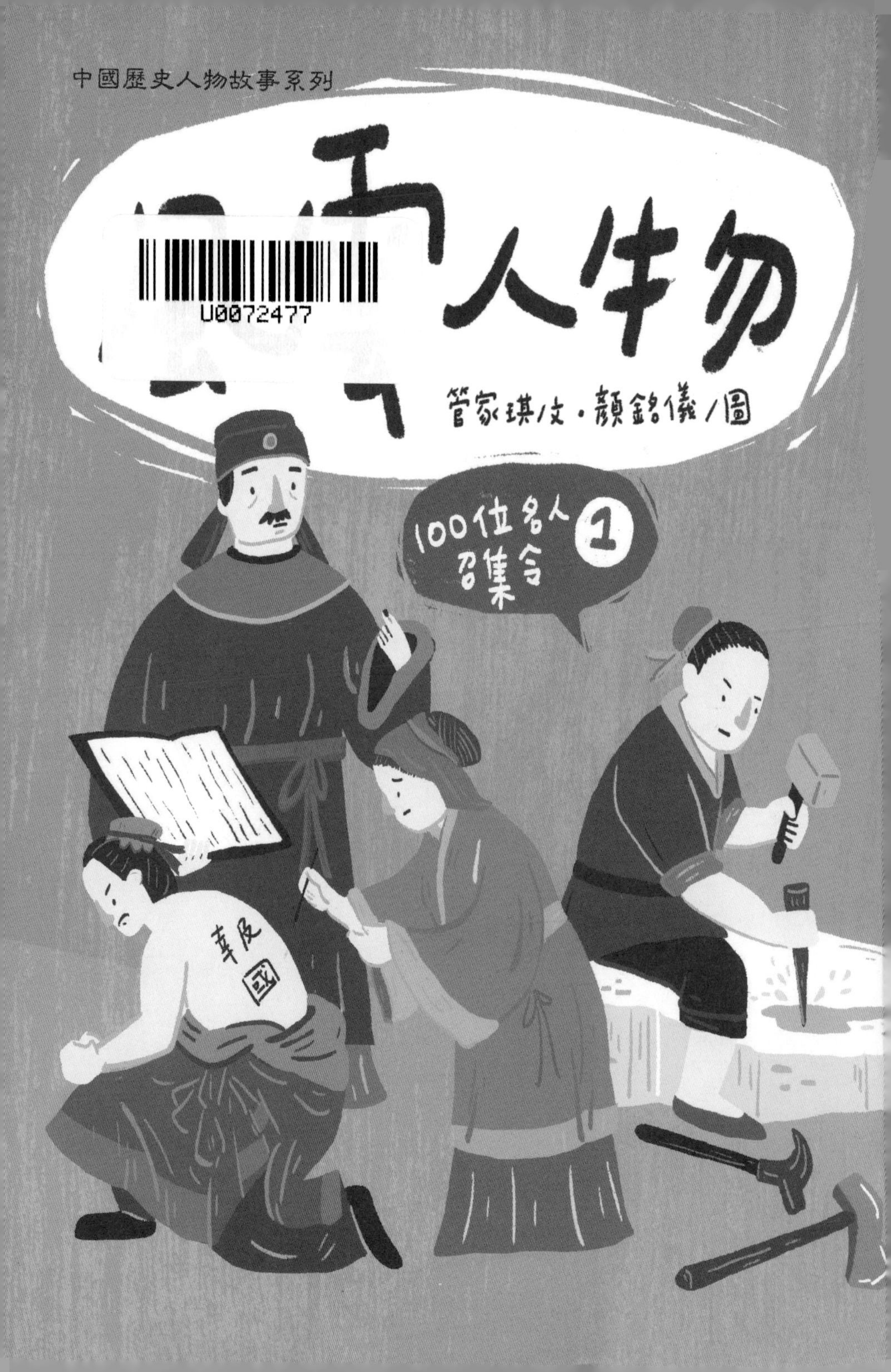

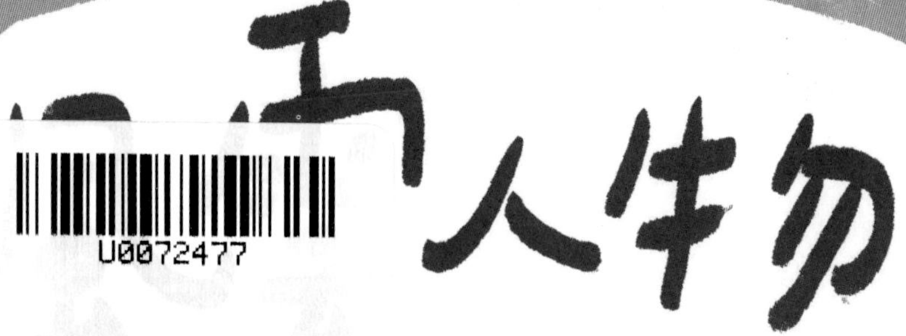

人是最迷人的

◎管家琪

有人說，「歷史（History）」這個字，若拆開來看其實就是把「他的（His）」和「故事（story）」兩個單詞做一個組合。所以，什麼是歷史？歷史就是「他的故事」。不過，歷史實際上除了包括男性（他的，His）故事之外，當然也包括女性（她的，Hers）故事，總之，歷史就是「人的故事」。

人，永遠是最迷人的。

幾年前我曾經替幼獅文化公司寫過一套（三本）書，叫做《你一定要知道的100個歷史故事》，是從中華文化上下五千年中挑選100個歷史故事來講述，著重的是事件，這回「中國歷史人物故事」則著重人物，分為《皇上有令—30位帝王點點名》、《萬人之上—30位名相排排坐》和《風雲人物—100位名人召集令 1、2、3》（三本），一共五本。在這套書裡頭，距離我們最遠的是夏朝的伊尹，距今三千多年（西元前1649—前1549年），最近的是民國初年教育家蔡元培（西元1868—1940年）和末代皇帝溥儀（西元1906—1967年）。除了伊尹和周公，其他所有挑選出來的人物都是從春秋戰國時代一直到近代。讓我們從閱讀這些歷史人物的故事來了解歷史。

《風雲人物》將介紹一百位名人，包括十四位名臣武將、二十一位發明家和開拓者；十七位學問家、十三位文學家；九位神童、十二位藝術大師以及十四位奇女子。《皇上有令》和《萬人之上》則介紹三十位帝王及三十位名相，這兩本所講述的帝王和名相都是按朝代排列，請大家按照順序從頭讀下來，這樣對於中國歷史、對於朝代才會有一個比較清楚的時間概念。讀歷史，是一定要注意時間的，或者說要有敏銳的時間感。

至於為什麼這套書的前面兩本要先介紹帝王和名相，這是因為政治實在是一切的基礎啊，其實自古以來大多數老百姓恐怕都不是什麼政治狂熱分子，然而就算是對政治冷感，政治就是會在方方面面影響我們的生活、甚至決定我們的生活，而在封建制度下最重要的政治人物當然首推帝王，其次是名相。

在《皇上有令》和《萬人之上》中，我們所介紹的帝王和名相不全然都是正面的人物，完全是著眼於他們在中國歷史上的影響力，所以有明君也有昏君，有良相也有奸臣，而《風雲人物》所介紹的這些名人就都是從正面的角度去挑選出來的，他們的生命都曾經發光發熱，能夠給我們許多感動和啟發。

而在《風雲人物》第一本裡，我們將介紹十四位名臣武將，以及二十一位「先驅式」的人物，就是發明家以及在某個領域對後世影響深遠的開拓者；仍然也是按他們所生活的朝代來排列順序。讀著這些風雲人物的故事，相信大家一定都會打心底的對他們致敬；他們的一生都太精采了，他們的精神也都太可佩了！

目錄

發明家和開拓者

孫武

寫《孫子兵法》的人

（約西元前545—前470年，春秋末年）

孫武是春秋時期著名的軍事家和政治家。祖上有確切世系記載是從遠古時舜的後代虞閼父開始的，也算是大有來頭了。

在孫武過世之後差不多一千六百年，北宋朝廷追尊孫武為「滬瀆侯」，宋室在為古代名將設廟時，七十二位名將中也有孫武。甚至時至今日，距離孫武辭世都將近兩千五百年了，他仍被世人尊為「孫子」和「兵聖」，他的《孫子兵法》不僅被譽為中國「兵學聖典」，置於《武經七書》之首，在國際上也被認定是「世界古代第一部兵書」，擁有多種不同語言的譯本。

這麼一位奇才，他的一生，和一個人有著密不可分的聯繫，那就是吳國大夫伍子胥（西元前559—前484年）。孫武大約比伍子胥年長十四歲。在吳國，他們倆都算是外國人；伍子胥本是楚國人，孫武本是齊國人，在齊國發生內亂以後才一路南下。當孫武來到吳國的時候，伍子胥是吳國大夫，稱得上是吳國的重臣。

孫武隨身帶著兵法十三篇，這是他之前隱居時嘔心瀝血的著作，也就是傳世至今的《孫子兵法》，雖然一共不過只有五千多字，內容卻極為豐富，不僅包括平時軍隊應該如何組織及建設，更精闢的闡述了作戰時一些重要的戰略原則，還有在戰場上該如何布陣、如何取勝的戰術技巧，以及後勤工作又該如何部署等等，可以說是完整呈現了孫武非常成熟的軍事思想體系。其實孫武還有一些討論兵法的著作，不過都游離於這十三篇之外，所以後來就大多都失傳了。

伍子胥非常欣賞孫武的才華。西元前512年，吳王闔閭（約西元前537—前496年）與伍子胥商議，打算向西進兵，伍子胥大力舉薦孫武，認為孫武可以協助闔閭成就一番霸業。史載伍子胥「七薦孫子」，闔閭終於同意接見。就是這次的會面，留下一個非常有名的成語故事。

那天，孫武先當場呈上自己的兵法十三篇，闔閭看了之後果然大為稱讚。接下來，為了測試孫武所言究竟能不能付諸實施，闔閭心血來潮，竟然叫來一百八十名宮女讓孫武操演陣法。

孫武把這些「女兵」分為左右兩隊，指定吳王最為寵愛的兩位美姬為左右隊長，同時還指派自己的駕車人和陪乘擔任軍吏，負責執行軍法。一開始，這些嬌滴滴的宮女一個個都嘻嘻哈哈，不聽號令，即使孫武嚴肅的再三說明和要求也完全約束不了，排了半天也看不出什麼隊形。孫武便召集軍吏，厲聲宣布根據兵法要斬兩位隊長。闔閭這下慌了，連忙說好了好了，我知道你能練兵了，這兩位美人可不能殺，如果沒她們在旁伺候，我吃飯都吃不香的。沒想到孫武竟然說：「臣既然受命為將，將在軍中，君命有所不受。」說罷仍然執意殺了兩位美姬，然後再任命兩隊新隊長，重新開始訓練。這麼一來，這些宮女就再也不敢嬉鬧了，都非常緊張、認認真真的執行孫武每一個指令，隊形十分整齊。事後，孫武還對闔閭強調，帶兵一定要有威嚴，賞罰分明，只有這樣，士兵們才會聽從號令，打仗時也才能夠克敵制勝。

闔閭眼看兩位美人被斬，儘管心中不快，不過好歹也知道孫武說得很有道理，於是就拜孫武為將軍，讓孫武來訓練部隊。而在孫武的訓練之下，吳軍的整體素質包括戰鬥力果真很快的就有了明顯的提升。

這就是成語「三令五申」的典故。所謂「三令五申」就是指多次的命令和告誡，大多是指上級對下級。

後來，吳王闔閭之所以能成為春秋五霸之一，孫武在其中立下了不少的功勞。比方說，在西元前506年，吳軍採取了孫武提出的「因糧於敵」的戰略（「取之於敵，以戰養戰」的意思），在孫武和伍子胥聯手指揮之下，只用了十幾天的工夫、經歷了五次大戰，就攻入了楚國的都城郢城，創下中國軍事史上以少勝多的奇蹟，楚國幾乎覆滅；兩年後吳國也是採用了孫武「出其不意攻其不備」的策略，先策動原來是楚國附庸的桐國叛楚，然後又趁楚人不備在豫章打敗了楚軍，接著又攻克了巢，活捉了楚守巢大夫公子繁。

在闔閭去世以後，夫差繼位（約西元前528—前473年），孫武、伍子胥等繼續輔佐夫差。西元前494年，越王句踐（約西元前520—前465年）進攻吳國，吳軍在伍子胥和孫武的安排之下，連夜布置了很多「詐兵」，分為兩翼，點上火把，襲擊越軍，越軍很快就被打得落花流水。後來，在連續吃了幾次敗仗之後，句踐只得十分屈辱的向吳王夫差求和。

在孫武五十多歲的時候，由於伍子胥的被殺，令孫武心灰意冷，從此不再為吳國出謀劃策，轉為隱居，只專心修訂自己的兵法著作，過了一段時間以後就抑鬱而終。從退隱到過世，孫武都沒有離開吳國，死後葬於吳都郊外。

還有另外一種說法，認為在伍子胥被殺之後，孫武可能受到了牽連，因而同樣被殺。不過，這個說法只見於《漢書．刑法志》，而且語焉不詳，《史記》裡頭也沒有記載，因此不少史家都對這個說法表示存疑。

西楚霸王 項羽

（西元前232—前202年，秦末）

項羽本名叫做項籍，「羽」是他的字。他是楚國下相（今江蘇宿遷）人，楚國名將項燕（生年不詳，卒於西元前223年）的孫子。項羽是中國歷史上少數以個人武藝出眾而聞名的武將。清代著名學者李晚芳（西元1691—1767年）甚至給出「羽之神勇，千古無二」的最高評價。

項羽在年少時，叔叔項梁（生年不詳，卒於西元前208年）教他讀書，他沒興趣，教他學劍，他也覺得無聊，項梁很生氣，他卻講了一通自己的道理，說讀書識字只能記住個人名，學劍只能和一個人對敵，都沒意思，要學就學萬人敵。此言一出倒是令項梁頗感驚喜，於是轉為教侄兒兵法，項羽果然表現出比較濃厚的學習熱忱，然而他顯然是屬於讀書不求甚解那一型，叔叔費心教了他很多，他卻都只肯學個大概，不肯花工夫去認真研究。

有一年，秦始皇南巡，到會稽遊玩，儀仗萬千威風凜凜，項羽跟叔叔項梁一起擠在圍觀的人群中，忽然發出一聲感慨：「我可以取代他啊！」（「彼可取而代之也！」），項梁一聽，連忙捂住他的嘴呵斥道：「胡說八道些什麼！不知道這是要殺頭的嗎！」

幸好當時沒有其他人聽到，也或許是聽到了，但並不在意，只當成是一個狂妄的小子所說的胡話吧，但項梁倒是從中看出了項羽不凡的豪情，從此對這個看似魯莽的侄兒另眼相看。

項羽長大以後，身高八尺多（有學者估算大約相當於今天的190公分），力能扛鼎，大家都對他心懷畏懼。

秦末反秦浪潮掀起的時候，項梁和項羽叔姪倆正在吳中。一天，會稽太守殷通請項梁去商討天下大事，殷通眼看天下大亂，認為就算是為了自保，恐怕也得跟著趕緊造反，以此來安撫亂民，但是他對自己的能力沒什麼信心，因此就想積極拉攏項梁，心想項梁畢竟是楚國大將的後代啊。

項梁假意告訴殷通，有一個很有本事的人，名叫桓楚，一定可以幫他。殷通很高興，馬上問那桓楚現在人在哪裡？項梁說：「這只有我的姪兒才知道。」一說著，就出來找項羽，叫項羽備好寶劍。稍後，項羽剛剛一被殷通請進去，叔叔跟他使了一個眼色，他馬上就拔劍砍下殷通的腦袋，隨即又宰了殷通手下上百人。還沒來得及全部殺光，剩下的就已經統統都嚇得投降了。

於是，項梁便當眾宣布反抗暴秦，號召大家一起起義，很快地便招到八千精兵。這就是他們叔姪最初所帶領的八千子弟兵。

這個時候，項羽才二十多歲。

由於他們出身楚國貴族，因此在秦末一大批反秦的起義軍當中，可以說是極具號召力，不時就會有一些小的武裝力量前來表示歸附。劉邦（西元前256—前195年）也曾率著自己的人馬前來歸附過項梁叔姪。當時雖然大家表面上還是以具有王室血統的楚懷王作為號召，但私底下大家都認為項梁叔姪是最具氣候、最能成大事的人。尤其項羽著實是一代武將，蓋世英雄。

可惜，翌年八月，也就是他們起義才一年左右的時間，項梁就因輕敵在定陶被秦將章邯（生年不詳，卒於西元前205年）偷營，不幸戰敗而死。項梁實在是死得太早了，否則後來項羽和劉邦之間的競爭，未必會是劉邦取得最後的勝利。

自從西元前209年，陳勝（西元前190—前208年）、吳廣（生年不詳，卒於西元前208年）在大澤鄉公開反秦之後，僅僅過了兩年多秦朝就滅亡了，而秦朝的主力部隊就是被項羽所消滅的。

西元前208年，秦軍上將軍章邯在擊敗了項梁的軍隊以後，認為楚國的兵力不足為慮，便引兵渡過黃河北上攻打趙國（秦末，當初被秦統一的各國都紛紛宣布復國），占領了趙都邯鄲，把趙王圍困在鉅鹿城，趙王十萬火急派使者向楚懷王以及各國諸侯求援。此時由於秦軍十分強大，就算各國諸侯都派兵救趙，放眼望去有一大堆的營寨，可就是沒有一個人敢率兵跟秦軍正面交戰，唯

有年輕的項羽為報叔父項梁被殺之仇主動請纓，毅然決然的表示要率領數萬楚軍，去對戰四十幾萬的秦軍，展現出無人可及的勇氣。

當楚軍一渡過漳河，項羽就下令把所有的船隻統統鑿破，讓它們統統沉到河底，把飯鍋也全部打碎，然後只發給每個士兵三天的乾糧，隨即就帶著大家上戰場，表示寧可戰死也絕不回頭的決心。這就是成語「破釜沉舟」的典故。「釜」，就是古代煮飯用的器具。

鉅鹿之戰，是秦末大起義中一場關鍵性的戰役，也是中國歷史上著名的以少勝多的戰役。經此一役，秦朝主力盡喪，名存實亡。

在秦朝滅亡以後，項羽建立西楚政權，定都彭城（今江蘇徐州），稱西楚霸王。接下來便是與劉邦展開歷時四年的楚漢相爭，期間項羽雖曾屢屢大破劉邦，但始終無法保持固定的後方補給，結果總是因糧草殆盡而無法一鼓作氣。

再加上項羽年輕氣盛、血氣方剛，性格暴躁偏執，身邊很難留得住人才，在飽嚐國仇家恨的痛苦之下，又表現得非常殘暴，一心只想復仇，做事經常不考慮後果，也不聽勸告，結果所到之處動不動就是大肆殺戮，很快地就連盟友都對他非常不滿。更糟糕的是他後來竟然猜疑亞父范增（西元前277—前204年），諸多原因使得最初在楚漢相爭中處於絕對優勢的項羽，最後反被劉邦所消滅。

西元前202年，項羽兵敗垓下（今安徽靈璧縣南），突圍至烏江（今安徽和縣烏江鎮），在江邊自刎而死，年僅三十歲。

軍事奇才
韓信

（生年不詳—前196年，西漢初年）

韓信是淮陰（今江蘇淮安市淮陰區）人。西漢開國功臣，「漢初三傑」之一，另外兩傑分別是蕭何（西元前257—前193年）和張良（約西元前250—前186年）。

韓信是一位了不起的軍事家，被不少人列為「兵家四聖」之一。

關於「兵家四聖」究竟是哪四位？有很多種不同的說法，其中一種說法就是把韓信囊括在內，而且還稱他為「兵仙」，因為韓信確實經常是用兵如神。

比方說，韓信為了東進中原，故意先派一部分士兵去修理棧道，稍後卻率領大軍從陳倉殺出來，從而占領了關中。這就是「明修棧道，暗渡陳倉」的典故，意思就是說先從正面迷惑敵人，掩蓋自己的攻擊路線，再從側翼進行突然襲擊，這是一種聲東擊西、出其不意的戰略。

又如，當韓信北上滅趙的時候，他故意把士兵們布置在一個無法退卻、只能奮勇向前才有活路的境地，結果士兵們果然都驍勇異常，最終順利取得勝利。這是「置之死地而後生」的典故，比喻只要先斷絕退路就能下定決心從而獲得成功。類似於項羽的破釜沉舟之舉。

諸如此類的例子，在韓信的軍事生涯中真是不勝枚舉。韓信不僅在楚漢相爭中擁有赫赫戰功，最後還在垓下圍困楚軍，到了西漢初年，韓信也屢屢運用高超的戰術，南征北戰，為漢高祖劉邦消滅了許多大大小小的地方勢力，總之，無論是為了漢王朝的建立或是鞏固，韓信都立下了不朽的功勛。

有兩句話，用來概括韓信的一生都非常貼切。

成也蕭何，敗也蕭何

生死一知己，存亡兩婦人

我們不妨就從這兩句話來介紹韓信。

先說第一句。蕭何是韓信的貴人，也是他的煞星。在秦末天下大亂的時候，韓信最初是投奔到項梁、項羽的陣營，但是得不到重用，而轉投劉邦之

後，雖然受到蕭何的欣賞但仍然不被劉邦重視，後來韓信心灰意冷而出走，蕭何獲悉卻立刻放下手中的事，親自連夜去把韓信給追了回來，這就是「蕭何月下追韓信」的故事。劉邦看蕭何如此看重韓信，終於聽了蕭何的話，乖乖拜韓信為大將軍。後來事實證明蕭何的眼光果真神準，如果沒有韓信，劉邦是很難與項羽匹敵的。可是後來韓信的結局卻是在西漢初年被蕭何騙到宮中，然後被呂后所殺。因此，韓信之所以能夠功成名就，和他後來之所以會走上末路，除了他自身的原因，都離不開蕭何，這就是為什麼說「成也蕭何，敗也蕭何」的原因。

再看第二句。上半句「生死一知己」，這個「知己」顯然就是指蕭何，而「存亡兩婦人」，其中一個當然就是要了他的命的呂后，那麼另外一個婦人是誰呢？原來是指在韓信早年一個曾經好心幫助過他的婦人。

韓信在投軍從戎之前，因為家貧如洗，經常餓得有一頓沒一頓。一天，他在城下釣魚，好幾位婦人正好在河邊洗衣服，有一個婦人看到韓信飢餓難當，很同情他，就施捨了一點飯給他，一連幾十天都是如此，韓信很感動，就對婦人說：「等我將來發達了，一定會好好的報答你！」然而婦人一聽，不但不高興，反而還生氣的說：「大丈夫不能養活自己還說什麼大話！我是看你可憐才給你飯吃，難道還會指望你報答嗎？」

後來，韓信發達了以後，回到故地，特地召見當年給他飯吃且好心不求回報的婦人，賞賜她千金。這就是成語「一飯千金」的典故，比喻厚厚的報答對自己有恩的人。故事中一般都稱那個婦人為「漂母」，「漂」就是漂洗的意思。

與此同時，韓信還去找一位亭長，但是只給他一百錢，還說：「你是一個

小人，做好事有始無終。」原來，當年在他落魄時，這位亭長見韓信相貌不凡，認為他絕非凡夫俗子，韓信曾多次去亭長家吃閒飯，一連數月，亭長的老婆對他愈來愈不耐煩，一天，韓信又去亭長家，亭長太太沒有給他準備飯菜，還告訴韓信，說他們一大早就已經吃好了。韓信明白了他們的用意，就再也不曾上門。

（其實韓信對亭長的評價未必公允啊。）

韓信返鄉，還解答了一件眾人的疑惑。當年地方上曾經有一個人當眾對韓信挑釁道：「看你長得人高馬大，又老喜歡佩帶刀劍，好像有多厲害似的，實際上我看一定是一個膽小鬼！」在眾人哄笑聲中，那人又繼續說：「哼，你若是不怕死，就拿劍來砍我，如果怕死，就從我的胯下爬過去！」

當時，韓信打量了那人一番，什麼也沒說，就默默的趴在地上，然後真的就從那人的胯下爬了過去。這就是有名的「胯下之辱」。

而當韓信發達以後，他召見了這個曾經當眾侮辱過自己的人，封他為中尉，並且告訴諸將說：「這是一位壯士，當年他侮辱我的時候，我難道不能殺了他嗎？但是殺了他又不會揚名，所以我就忍了下來，這才有了今天的成就。」

在楚漢之時，人們對韓信的評價是「國士無雙」（指一國之內獨一無二的人才）。作為統帥，他名聞海內，威震天下；作為軍事理論家，他與張良聯手整理兵書，並著有兵法三篇。他還有很多巧思，相傳象棋和風箏都是他發明的。據說韓信拿象棋來演練用兵之道；風箏則是韓信以「十面埋伏」之計在垓下把項羽的軍隊團團圍住之後，為了瓦解楚軍的意志力，韓信派人用牛皮製成一個東西（狀似今天的風箏），上面敷著竹笛，夜晚放到空中，風吹著笛子就

自然發出淒涼無比的聲音，漢軍就故意混著笛聲唱起楚國的民歌，這麼一來，楚軍將士一個個都強烈思念起家鄉，鬥志全盤瓦解，最終導致西楚霸王在烏江邊自盡。這就是成語「四面楚歌」的由來。

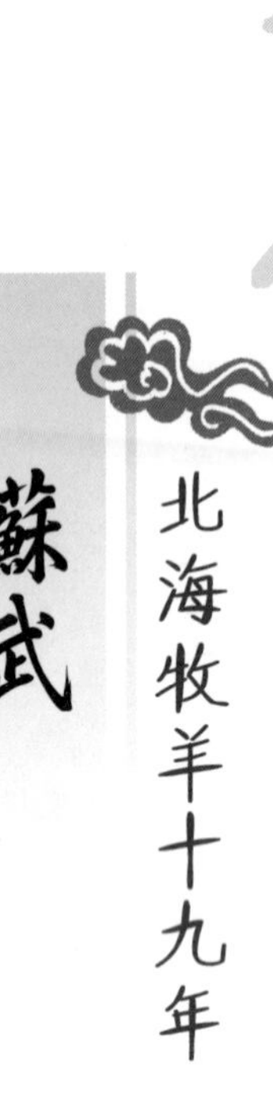

蘇武

北海牧羊十九年

（西元前140—前60年，西漢）

蘇武相當高壽，享年八十歲。四十歲那年是他人生的轉捩點。

他的父親蘇建（生卒年不詳），曾經跟隨大將軍衛青（生年不詳，卒於西元前106年）出征匈奴，因功被封平陵侯。憑著父親的庇蔭，蘇武在四十歲之前應該算是過得相當平順，和兄弟一樣都在朝廷做官；在他四十歲那一年（西元前100年），一個出使匈奴的任務改變了他的命運，也讓他得以留名青史。

如果不是因為這個事，蘇武到辭世的時候蓋棺論定大概也就是一個達官貴人，一生榮華富貴，可是因為這個事，蘇武不僅證明了自己驚人的意志力，實現了自己的人生價值，時至今日，相隔兩千年，蘇武還仍然是中國歷史上極具節操的代表性人物。有些東西是不會因為時代的不同而減損其價值的，「節操」就是這麼一個東西，正因為這個東西實在是太稀罕了，因此「蘇武牧羊」的故事才會被一代又一代的謳歌。

首先，我們得明確一點，「蘇武牧羊」，牧的可是清一色的公羊；匈奴單于把蘇武丟到冰天雪地的北海（今俄羅斯西伯利亞的貝加爾湖），然後告訴蘇武，如果他還是堅持不肯投降，那就等到公羊生了小羊以後再回來！

公羊怎麼可能生小羊呢？所以匈奴單于的意思其實就是說，如果蘇武不肯投降，那他乾脆就一直待在北海，永遠都別想回來了！

其實蘇武並沒有做錯什麼事，為什麼會遭到如此對待？簡單來講，一開始是因為他受到了牽連，接下去是匈奴單于發現這個漢朝使者的骨頭硬得很，面臨危難之際居然不肯求饒，因此就益發想要強迫他投降，可是在各種威脅利誘始終都無法奏效的情況之下，匈奴單于火大了，就把蘇武丟到了北海！

還是話說從頭，把蘇武落難的前因後果簡單的交代一下吧。

在漢武帝（西元前156—前87年）時期，大漢王朝不斷討伐匈奴，雙方都扣留了不少對方的俘虜。在天漢元年（西元前100年），且鞮侯單于（生年不詳，卒於西元前96年）即位，擔心漢朝會趁自己剛剛即位、統治還不夠穩定的時候又發動戰爭，於是主動示好，說「漢朝天子是我的長輩」，主動送回一些之前扣押的漢朝使者，此舉令漢武帝龍心大悅，便派遣蘇武以中郎將的身分，

率著包括部分士兵在內一百多人的使節團，持節護送之前扣留在漢朝的匈奴使者回國，並贈送單于禮物，以答謝單于。

我們現在說「使節」，意思是指「人」，也就是外交人員。在古代，「使節」是一個東西，是一根七、八尺長，表示使者身分的長竿，頂部掛著一串毛絨球，這是一個莊嚴身分的象徵，而「使者」這個詞，才是指「人」。

蘇武一行辛辛苦苦到了匈奴之後，沒想到，漢武帝的大方，以及信件上措辭的客氣，竟然讓且鞮侯單于有了錯誤的理解，以為漢朝皇帝是畏懼自己，因此對蘇武等人馬上就表現出非常傲慢的態度。

更糟糕的是，在蘇武不知情的狀況之下，使節團裡頭居然有人因涉及到匈奴內部的違法事務而被抓，蘇武就此受到了牽連。

一開始，當得知所有使節團成員都將被審問的時候，蘇武沒有多想，立刻拔出刀就要自殺，因為他覺得身為漢朝使者，如果被匈奴審問將是奇恥大辱，他寧可死也絕不讓這樣的事情發生！幸好身邊的人反應很快，及時搶救，蘇武總算沒有傷到要害。

這樣的舉動，令匈奴單于頗感訝異，覺得蘇武很有骨氣，對他反而頗為敬重，在蘇武的傷養好了以後，不再提審問之事，只是想叫蘇武投降。

蘇武自然是嚴詞拒絕。匈奴單于很是生氣，為了迫使蘇武屈服，便下令把蘇武丟進大牢，不給他水喝，也不給他飯吃。不過，蘇武的意志力非常頑強，即使都在餓死邊緣還是不肯投降，口渴的時候就塞一把雪到口中，餓的時候就扯一把衣服上的棉絮猛嚼，居然就這樣活了下來。

於是，匈奴單于最後的絕招，就是把蘇武丟到北海，叫他去牧羊！

蘇武在北海一待就是十九年。十九年哪！當初囚禁他的且鞮侯單于都早就過世了，而且在這期間，不知道有多少人其中包括匈奴人也包括漢人，總是不斷的勸他，只要一投降，就可以離開生存條件惡劣的北海，在匈奴過著舒舒服服的日子，甚至還有人說，漢朝那兒根本沒人知道蘇武如此高尚，蘇武如此執著於對漢朝盡忠根本就是不值得，只不過是讓自己白白受苦罷了！可不管怎麼說，蘇武就是絲毫不為所動。

直到西元前81年，早已白髮蒼蒼的蘇武才終於獲釋，回到漢朝統治的土地。伴隨他回來的，除了區區九個人，還有那根早就成了一根光禿禿竿子的「使節」，蘇武還是態度非常莊重的拿在手中，一如當年出使匈奴的時候一樣。

這個時候，當年派他出使匈奴的漢武帝已經去世，漢昭帝在位。蘇武還特

地去祭祀漢武帝，並且把那根使節交還到漢武帝的靈前。

在蘇武去世以後，漢宣帝將他列為「麒麟閣十一功臣」之一，向全天下彰顯蘇武令人感佩的節操。

詼諧滑稽 東方朔

（西元前154—前93年，西漢）

東方朔在歷史上的定位主要是「西漢辭賦家」，一生著述頗豐，但他同時還有另外一個比較特殊的身分，那就是類似「弄臣」。

什麼叫做「弄臣」呢？無論東方或是西方，古代封建宮廷中都會有弄臣，這是一種以插科打諢來為君王消煩解悶的人物，有學者說往往是宮廷中唯一能享有言論自由的人，在文學中他們總是被塑造成「談言微中，亦可以解紛」的諷諫者，就是說靠著委婉中肯的發言，為君王排解不少紛擾，有時還能對君王提出規勸。在西方宮廷，弄臣經常是由侏儒、小丑或能人異士來擔任，漢武帝的身邊則是東方朔。

根據《史記》和《漢書》記載，東方朔，姓東方，名朔，但是也有另外一個相當普遍的說法，說他本姓張；他的字倒是沒有爭議，是非常女性化的「曼倩」。他是平原郡厭次縣（今山東省德州市陵城區）人。

漢武帝即位，向天下徵才，東方朔上書自我推薦，詔拜為郎。後任常侍郎、太中大夫等職。東方朔享年六十一歲，終其一生最高職務就是太中大夫，這是一個「掌議論」的職位。他性格幽默，反應敏捷，雖然沒有立下什麼特別的政治貢獻，但是他善於察言觀色，以近侍的身分與漢武帝君臣相伴多年，還是對漢武帝的行為舉措產生了一定的影響。

有一次，有人擅自殺了上林苑（就是皇家園林）的鹿，被判了死罪，東方朔大約是覺得為了這樣的事就要殺人，有損漢武帝的形象，便跑去對漢武帝說，這個人確實該死，理由有三：一，使陛下因為一頭鹿而殺人，該死；二，讓天下百姓由此都知道陛下看重鹿而輕人命，該死；三，一旦匈奴進犯，我們需要用鹿的角去撞死匈奴軍，現在鹿死了，就少了一對角，該死！

這三個理由，前兩個都言之成理，但是講到第三個就忽然變成笑話了。東方朔的發言風格大抵就是如此，亦莊亦諧。然而，漢武帝聽了這番話之後，思考片刻，果真就赦免了那個殺了鹿的人。

書上說東方朔「滑稽多智」，經常在武帝面前談笑取樂，時而穿插一些對某些政治議題的看法。在其他官員的眼裡，東方朔總是瘋瘋癲癲、胡言亂語，

簡直就像一個瘋子，漢武帝則說過如果東方朔不瘋，那他的才華肯定是同級官員中最好的。東方朔倒是有他自己的一套人生哲學，說古時候的人都隱居在深山之中，而像他這樣的人，是所謂隱居在朝廷裡的人。東方朔還說，如果可以隱居在宮殿裡，何必要隱居在深山的茅舍裡咧。

東方朔經常會出其不意的有些驚人之舉。一次，漢武帝齋戒七日，遣人帶著幾十名男女去君山尋不死藥，不久，使者帶著「不死酒」回來了，當漢武帝正想要喝的時候，東方朔上前表示自己能辨別這個「不死酒」的真偽，漢武帝聽了便把手中的酒遞給東方朔，本以為東方朔有什麼特別的觀察技巧，或是驗證真偽的方式，哪曉得東方朔接過那杯不死酒之後，竟然火速腦袋一仰就全喝下了肚！

漢武帝萬萬沒有想到這珍貴的不死酒竟然就這樣被東方朔給喝了，氣得要殺東方朔，東方朔也絲毫不驚慌，慢條斯理的說：「臣既然已經喝了不死酒，陛下就殺不了臣了，如果陛下能夠殺了臣，就證明這個酒是假的。」漢武帝想了一會兒，終於赦免了東方朔。其實

東方朔大概就是想提醒漢武帝，所謂「不死酒」實在是很荒唐吧。

東方朔似乎非常博學，什麼都知道。有一次，建章宮（這是漢武帝所建造的宮殿）出現了一頭陌生的動物，看上去像麋鹿但又不是麋鹿，大家都不認識這個動物，漢武帝便叫東方朔去看。東方朔一看就嬉皮笑臉的說：「我認識這個東西，請賜給我美食佳釀，讓我飽餐一頓以後我就說。」漢武帝照辦。可是在酒足飯飽後，東方朔又加碼要求漢武帝先賜給他某處好幾頃的田地、魚池和葦塘，漢武帝也滿足了，這時東方朔才說：「這個動物叫做『騶牙』，這是一種傳說中的仁獸，當遠方會有異族前來投誠時，騶牙就會先出現。」結果，在一年以後，西漢元狩二年（西元前121年），匈奴渾邪王（生年不詳，卒於西元前116年）果然帶領著十萬人跑來歸降漢朝，漢武帝很高興，又主動賞賜東方朔很多錢財。

其實東方朔也曾經試著和漢武帝談過一些嚴肅的政治議題，陳述自己對於如何促進國家強盛的看法，然而漢武帝始終把他視為「俳優」（這是指古代以樂舞諧戲為業的藝人），從來不曾真正的重用他。

而一向喜歡逗趣的東方朔，在即將走完人生旅程的時候，認認真真的規勸漢武帝不要聽信讒言，因為「讒言沒有止境，四方鄰國不得安寧」，懇切的希望漢武帝能夠遠離那些巧言諂媚的人。漢武帝聽了這番話感到很驚奇，對左右說真沒想到如今東方朔說話竟然如此正經。過了不久，東方朔便生病去世了。

有人引述《論語．泰伯》中曾子說：「鳥之將死，其鳴也哀；人之將死，其言也善。」意思是說，鳥在快要死的時候，鳴叫的聲音是悲哀的，人在快要死的時候，說的也都是善意的真心話，以此來解釋東方朔最後對漢武帝的肺腑之言。

班超

經略西域

（西元32—102年，東漢）

只要一講到「投筆從戎」這個成語（指文人從軍），在中國歷史上最具代表性的人物就是班超了，事實上這個成語就是出自《後漢書．班超傳》。來自同樣出處的還有一句「不入虎穴，焉得虎子」，比喻不經歷艱險，就不能取得成功。班超是東漢時期著名的軍事家和外交家，他的一生為這兩個說法做了非常完美的詮釋。

班超字仲升，扶風郡平陵縣（今陝西咸陽東北）人。班家一家都是文人，父親班彪（西元3—54年）、哥哥班固（西元32—92年）和妹妹班昭（約西元45—約117年）都是優秀的史學家。

按書上記載，生長在這樣充滿書香的家庭裡，孝順恭謹的班超雖然從小也很喜歡博覽群書，尤其喜歡讀《公羊春秋》，但他素有大志，不拘小節，思考細緻，很能夠審時度勢。同時，史書特別提到班超的口才很好，這一點對於他日後事業的發展是一大優勢。

永平五年（西元62年），當哥哥班固被召入京任校書郎時，三十歲的班超也和母親一起遷居至雒陽（今洛陽）。由於家境貧寒，班超就靠著替官府抄寫文書來維持和母親的生計。一天，班超去看相，那個號稱精通相面術的人在對班超仔細端詳之後，說他「額頭如燕，頸脖如虎」，屬於「飛翔食肉」，因此雖然先輩是平民百姓，但日後一定會在萬里之外封侯。後來班超果真應驗了「萬里封侯」這個預言。

當時，西域諸國因為各種原因紛紛被北匈奴所控制，與大漢王朝沒有聯繫，而北匈奴在得到了西域的人力和物力之後，實力大增，經常進犯河西諸郡，使得邊地老百姓不堪其擾，也不堪其苦。永平十六年（西元73年），奉車都尉竇固（生年不詳，卒於西元88年）等人出兵攻打北匈奴，早就不甘於為官府抄寫文書的班超便決定投筆從戎，隨軍北征。這年班超四十一歲。

班超在軍中任假司馬（就是代理司馬）之職。班超入伍不久便展現出在軍事上不凡的才幹；他率兵進攻伊吾（今新疆哈密西四堡），在蒲類海（今新疆巴里昆湖）與北匈奴交戰，戰果豐碩。竇固非常賞識班超，便派他和其他部將一起出使西域。

班超一生，兩次出使西域，前後長達三十一年。在這麼漫長的歲月中，智勇雙全的班超，憑藉著個人在軍事以及外交上過人的天賦，極為出色的執行了漢朝所定下的「斷匈奴右臂」的政策，在西域那樣複雜的環境之下用心經營，多管齊下，不僅平定了西域五十多個國家，先後使鄯善、於闐、疏勒等三個國家恢復了與漢朝的友好關係，在戰場上也表現亮麗，幾乎做到「戰必勝，攻必取」，逐步分化、瓦解和驅逐了匈奴原本在西域的勢力。

尤值得一提的是，班超在出使西域七年左右就對應該如何處理西域問題有了深入的思考。建初五年（西元80年），班超上書給章帝，詳細分析了西域各國形勢，提出「以夷制夷」的策略。「夷」是指外族，所謂「以夷制夷」，就是利用強者和強者之間的矛盾，使其相互衝突，從而削弱其力量，也就是「用敵人來制服敵人」，這麼一來漢朝就可指望坐享其成了。這自然是著眼於漢朝利益的戰略，後來事實證明確實是成效斐然。

永元七年（西元95年），在班超六十三歲這年，朝廷為了表彰班超傑出的功勳，下詔封他為定遠侯，食邑千戶，所以後人都稱他為「班定遠」。

班超被萬里封侯之後，仍然繼續留在西域又努力了幾年。永元九年（西元97年），還派甘英（生卒年不詳）出使大秦（就是羅馬帝國），這也是一項壯舉。

甘英率領使團一行從龜茲（今新疆庫車）出發，往西前進至疏勒（今新疆喀什），越蔥嶺（今帕米爾高原），經大宛（今烏茲別克斯坦費爾干納盆地）、大月氏至安息（就是波斯帕提亞王國，今伊朗境內），最終在安息止步。這是因為甘英出身於內陸，對海上航行之事沒什麼概念，再加上那畢竟是在兩千年前，總之，在聽了安息船人對航海的諸多描述之後，甘英卻步了。不過，甘英雖然未能完成班超的期望到達大秦，仍然是史書所載第一個到達波斯灣的中國人，他的旅程不僅使漢朝增加了對中亞的認識，也是中西方交流史上具有重要意義的一頁。

永元十二年（西元100年），六十八歲的班超告老還鄉，大約兩年後終於回到了洛陽，被拜為射聲校尉，不久就病逝了，享年七十歲。

班超出使西域擁有多重意義，不但在當時維護了東漢的安全，大大加強了漢朝與西域各族的聯繫，從長遠的眼光來看，無疑也是為促進民族融合做出了了不起的貢獻。

關羽

一代武將

（約西元160—220年，三國時期）

關羽，生年不確定，有爭議。他本字長生，後改字雲長，河東解縣（今山西臨猗縣西南）人，是東漢末年、三國時期蜀漢的名將，被譽為「中國武聖」。

書上說，關羽早年因犯事而逃離家鄉至幽州涿郡（今河北省涿州市）。什麼叫做「犯事」？其實就是「犯罪」比較好聽的說法，類似於把「江洋大盜」說成是「綠林好漢」一樣。而且「犯事」指的還是在做了違法亂紀的事情以後被發覺了，所以難怪要跑了。

中平元年（西元184年），這年關羽大約二十四歲，漢室宗親劉備（西元161—223年）在涿縣組織了一支義勇軍，參與剿滅黃巾軍的戰爭，關羽和張飛（約西元166—221年）都參加了。他們三個一見如故，結為異性兄弟，劉備是大哥，關羽居中，張飛最小排老三。三人的感情非常好，經常一起同床而眠，關羽和張飛對劉備這個大哥非常敬重，只要劉備一坐下來，關張兩人一定隨身守護。當然，劉備待這兩位義弟也很好，有什麼好事都會想到他們，比方說，當劉備投奔昔日同窗公孫瓚（生年不詳，卒於西元199年），被封為平原相，劉備就立刻任命關羽和張飛為別部司馬，這是漢代的官職，可以率領士兵（人數不等）。

從歷史的角度來看，關羽實在是一個特殊的存在。在正史上，蜀後主景耀三年（西元260年），關羽被追諡為壯繆侯，「諡號」是對一個人蓋棺論定式最精練的評價，「壯」這個字是正面的，按照《諡法》所言，「勝敵志強」叫做「壯」，可以說大大讚美了關羽的勇敢威猛，但什麼叫做「繆」呢？「名與實不合」叫做「繆」，這個字顯然就是負面的，是批評了關羽的魯莽，因為正是由於關羽輕忽了諸葛亮（西元181—234年）所制定的「聯吳抗曹」的戰略，任性莽撞的得罪了東吳的孫權（西元182—252年），不僅自己因此送命，劉備又意氣用事的為了要為關羽報仇而向孫權發兵，使得諸葛亮苦心經營的一切瞬間全部都成了泡影；要知道，當初劉備三顧茅廬好不容易請諸葛亮出山的時候，當時的劉備可說是「一窮二白」，什麼也沒有的，多虧了諸葛亮才有了後

來三分天下的局面，然而就因為關羽的「繆」，給蜀漢造成了難以彌補的損失，也直接加速了蜀漢的頹勢。一直以來，不少史家都認為蜀漢的滅亡，關羽要負最大的責任。

然而，儘管正史給了關羽相當公道的評價，關羽在民間所獲得的卻幾乎是一面倒的正面名聲，這主要是基於關羽性格中一個非常突出的特質，那就是「義」。明末清初文學批評家毛宗崗（西元1632—約1709年）曾稱關羽為《三國演義》中「三絕」的「義絕」，所謂「絕」，是極端的、沒人趕得上的意思，也就是說毛宗崗認為在《三國演義》多如繁星的人物中，如果要問誰最有義氣、誰最能代表「義」，當推關羽莫屬。

（另外兩絕，一個是「智絕」諸葛亮，還有一個是「奸絕」，這是指梟雄曹操。）

「義」這個特質，在封建時代可以說是兩面討好，同時受到統治階層和民間老百姓的歡迎與喜愛；統治者巴不得天下蒼生個個都像關羽這樣對自己死心塌地，而老百姓也個個都希望身邊能有像關羽這樣重情重義的人。

於是，關羽去世以後就逐漸被神化，而且可以說關羽的官方信仰直接帶動了民間對他的信仰，從北宋以後，一直到南宋、元、明、清，各朝皇帝都以關羽為忠義的化身，將關羽視為教育人民忠君愛國的最佳材料，無怪乎有人戲稱關羽死後官反而愈做愈大，從「侯而王」（譬如在宋代被封為「義勇武安王」），「王而帝」（譬如在明朝被封為「三界伏魔大帝神威遠震天尊關聖帝君」），「帝而聖」（在清朝被封為「忠義神武靈佑仁勇威顯關聖大帝」），最終「聖而天」，道教將關羽奉為「關聖帝君」，也就是人們口中的「關帝」，成為道教的「護法四帥」之一。清代甚至還推崇關羽為「武聖」，與

「文聖」孔子（西元前551—前479年）齊名。

此外，關羽的藝術形象非常豐富迷人，包括小說、戲曲乃至於現代的影視，關羽總是一個你不可能忽視的角色。當然，這主要還是由於羅貫中（約西元1330—約1400年）在《三國演義》中，把關羽塑造成一個忠義仁勇的武將實在是太成功了；桃園三結義以後，雖然他們顛沛流離，但關羽總能奮勇殺敵，大顯神威，比方說「溫酒斬華雄」、「三英戰呂布」……為了去找劉備，關羽「千里走單騎」，「過五關斬六將」……在劉備稱王後，關羽領兵攻取襄陽，「水淹七軍」……一直到後來在「大意失荊州」之後，腹背受敵，敗走麥城，終於被殺，死後竟然蜀吳魏三國都為關羽舉行喪禮……這還沒完，關羽死後還曾經數次顯靈，「罵孫權，驚曹操」，確實是一個不同凡響的一代武將啊。

包拯

開封有個包青天

（西元999—1062年，北宋）

如果要從中國歷史上選一位老百姓最熟悉、歷代被搬上舞臺次數最多的文官，大概非包拯莫屬。

包拯字希仁，廬州合肥（今安徽省省會合肥）人。他的一生，兢兢業業，始終把老百姓放在第一位，在各方面都頗有建樹，為人又潔身自好，剛毅正直，不畏權勢，可以說是「為官清廉」的典型，非常適合作為主角，而且包拯的生平又的確精采，很適合成為戲曲、影視等藝術形式的題材。從包拯一過世，民間就開始熱中講述他的故事，經過八百年左右不斷的理想化和藝術化，衍生出許多軼聞傳說，最後到了清朝的《三俠五義》、《七俠五義》集大成。

《三俠五義》出版於西元1879年（光緒皇帝在位期間），但史家推斷成書應在西元1871年以前（同治皇帝在位期間），作者不詳，十年後晚清著名學者、文學家俞樾（西元1821—1907年）將其改寫修訂為《七俠五義》，這成為俞樾對通俗文學的重要貢獻。

包拯身上的故事非常豐富，舉個例子，他有一個封號「閻羅包老」，這是老百姓封給他的；大家都知道閻羅王主管陰間，怎麼會把大家尊敬的包拯跟閻羅王這麼恐怖的形象聯繫在一起呢？原來這個封號的意思是說，中國向來是人情社會，只要找對了人、找得到有用的關係就簡直沒有辦不成的事，然而這條鐵律卻有兩個例外，有兩個人物是絕對沒法拉關係的，一個是閻羅王，另一個就是包拯。為何沒法跟閻羅王拉關係自不待言，沒法跟包拯拉關係則是因為包拯鐵面無私。所以，「閻羅包老」這看似可怕的封號實際上是一種極大的讚美。

包拯事親至孝。他在二十八歲那年（西元1027年）考中進士，被授任為大理評事，出任建昌知縣。這原本是一個步入政壇不錯的機會，因為知縣是地方父母官，是掌握實權的，對個人能力能夠有全方位的鍛鍊，但是包拯因父母年邁，決定辭官不赴任。後來，包拯陸續又碰到一些類似的機會，可都因父母不願他遠離，他就都放棄了，專心在家贍養父母。過了幾年，父母相繼去世，包拯在雙親的墓前築起草廬，直到守喪期滿，他都還是不忍離去，同鄉父老憐惜他是一個人才，紛紛多次前來勸慰鼓勵，這樣又過了好一段時間，包拯才去吏

部接受調選，擔任天長知縣，從此展開仕途。

包拯一生擔任過很多職務，做過很多種不同性質的文官，其中當然包括開封知府。其實他出任開封知府只有一年多，但這顯然是世人對他印象最為深刻的一個職務，人人都知道「開封有個包青天」，這裡頭固然有來自文人的加工，但身為文官，包拯確實擁有諸多正面的性格。

比方說，他是一個真心想為老百姓做事的人。按過去的舊規矩，凡是訴訟都不能直接到官署去遞交狀子，必須找到關係、找到一些能人來處理，這就給那些市井小民設置了很難跨越的障礙，可是包拯卻打開官署正門，讓任何有困難、有冤屈的人都可以直接到他跟前來陳述，而只要是老百姓來求援，包拯也總是盡心盡力的去解決，哪怕是一些看似微不足道的小事。

當他在擔任天長知縣時，一次有個農人跑到縣衙來告狀，說家裡耕牛的舌頭被人割掉了，非常氣憤的請求包拯捉拿歹徒。包拯推斷，割掉牛舌根本無利可圖，應該是一種報復行為，可農人又想不出有什麼仇家，於是包拯就讓農人宰牛賣肉，因為在當時宰殺耕牛是犯法的，包拯料想那個割牛舌的人見農人殺牛，肯定會忙不迭的跑來告發，果然，割牛舌的人就這樣自投羅網。

包拯非常廉潔。他曾經做過端州（今廣東肇慶市）的地方官，端州特產端硯，端硯向來是上貢精品（就是要獻給皇帝的），以前端州歷任官吏往往都會

迴避
迴避

趁上貢的時候，多徵收貢品所需數額的數十倍，然後，扣掉貢品，剩下來的就當作向當朝權貴行賄示好的禮物，但是包拯在端州的時候，卻始終嚴格按照貢品數額來徵收，絕不多徵，到他卸任的時候也沒有收藏過一個端硯。西元1973年，合肥市在清理包拯墓的時候，在包拯及其子孫的墓中只發現一方普通的硯臺而無昂貴的端硯，證實了書上的記載無誤。

書上也說包拯「不愛烏紗只愛民」，「烏紗」本是民間的一種便帽，「烏紗帽」一詞是從隋唐開始出現，後來就慢慢用來比喻官位，意思就是說包拯不愛官位，只一心為民著想。譬如解州（今山西運城）鹽法繁縟，由政府專賣，可是這不但沒有增加政府財政收入，反而還使大量的百姓無鹽可食。包拯得知這個怪現象之後，親自去調查，然後改為政府統購統銷，鼓勵商販貿易，不僅澈底解決了問題，還達到了便民利國的奇效。

當然，包拯留給世人最鮮明的印象還是他凡事都能秉公處理，權貴在他這裡毫無特權，這在封建社會尤其難得。

包拯就是這樣靠著個人高尚的人品以及傑出的政績，受到老百姓由衷的愛戴。西元1062年，當包拯去世的消息傳出時，朝野震驚，全城哀悼，甚至一千年來他都仍然活在大家的心裡，永不褪色。

岳飛

文武雙全，盡忠報國

（西元1103—1142年，南宋）

岳飛文武雙全，是南宋抗金名將，也是中國歷史上著名的軍事家、戰略家、書法家和詩人，同時也一直被視為民族英雄。

北宋末年（西元1103年），岳飛出生於河北西路相州湯陰縣（今河南湯陰）的一個普通農家。傳說在岳飛出生時，有一隻像鵠那麼大的鳥在他家上頭飛來飛去，因此父母給他取名為飛，字鵬舉。

岳飛從小就受到良好的中國傳統教育，他樸實穩重，不愛多說話，勤奮好學，尤其喜歡讀《左氏春秋》、《孫武兵法》等書。學習騎射，表現也很突出，能夠左右開弓。後來又學習刀槍之法，武藝超群，放眼全縣沒有一個是他的對手。此外，岳飛還彷彿天生有神力，不滿二十歲就能挽弓三百宋斤（相當於現在的192公斤），開腰弩八石（「開腰弩」是以坐姿同時利用臂、足、腰之力張弓的弩），「八石」是多少呢？宋代一石大約等於現在的92公斤。大家都嘖嘖稱奇。

挽弓和開腰弩這兩個項目是宋代選拔士兵常用到的力量指標，是極限拉力，不是實戰中的弓力。從挽弓的記錄來看，岳飛挽弓三百宋斤是北宋南宋加起來一共319年中的最高記錄，與岳飛並列第一的是同樣屬於士兵出身、並且同樣是南宋抗金名將的韓世忠（西元1090—1151年）。

岳飛事親至孝，曾表示一個人如果不能先對父母盡孝，怎麼可能對君王盡忠？（在過去的封建時代，對君王盡忠就是對國家盡忠。）他三次投戎，中間兩次中斷都分別是由於父親病故，要回家守孝，以及因為母親年邁，擔心母親，才暫別行伍。不過，岳母姚氏是一位深明大義的婦女，積極勉勵岳飛要從戎報國，還在岳飛的後背上刺上「盡忠報國」四個字（後世演義為「精忠報國」）。

岳飛第一次從軍是在他十九歲那年（西元1122年）。那年由於宋軍被契丹打敗，河北官員招募「敢戰士」來抵禦遼軍（還有一種說法是為了要征伐遼軍）。岳飛應募。經過選

拔，被任命為「敢戰士」中的一名分隊長。不久，有賊寇在相州作亂，岳飛主動請命前去除害，然後帶領百騎騎兵，用伏兵之計，把兩個賊寇首領生擒了回來，可以說一出手就表現不凡。只是同年岳飛的父親病故，

於是岳飛就離開軍隊，趕回湯陰老家為父親守孝。

這樣斷斷續續因為家庭因素，岳飛的行伍生涯中斷了兩次，直到後來背負著母親的期望，岳飛終於忍痛別過親人，投身抗金前線。從西元1128年、岳飛二十五歲那年，遇到名將宗澤（西元1060—1128年）開始，一直到西元1141年為止的十三年之間，岳飛率領著岳家軍和金軍進行了一百多次戰鬥，沒有吃過敗仗，是名副其實的「常勝將軍」。

岳家軍的戰鬥力很強，史書上說每個士兵都可「以一當百」，金人也讚嘆「撼山易，撼岳家軍難」，岳家軍為什麼會這麼強？主要是岳飛嚴於治軍、善於治軍。岳飛的治軍思想大致有六個方面：貴精不貴多，重視訓練，賞罰公正，號令嚴明，嚴肅紀律，同甘苦。岳家軍不僅令金人和當時宋軍其他很多將帥所嘆服，也為後世一些名將所效法，譬如四百多年後明代名將戚繼光（西元

1528—1588年）就是以岳飛為榜樣，練就了一支強悍的抗倭勁旅「戚家軍」。

岳飛不僅強調士兵要勇敢，也很重視謀略，靈活用兵。原本宋王朝要求每一個將帥在作戰時都必須按照事先所準備的陣圖來行事，不得擅自改變（「陣圖」是古代軍隊作戰時關於兵力部署和隊形變化的圖式），可是岳飛認為陣圖有一定的局限，而作戰是千變萬化的，不能照搬陣圖，身為將領應該懂得巧妙運用，隨機應變。

岳飛治軍，紀律嚴整，又能體恤部屬，以身作則。除了把岳家軍帶得虎虎生風，岳飛還很重視民間抗金的力量，締造促成了「連結河朔」之謀，主張黃河以北的民間抗金義軍和宋軍相互配合，夾擊金軍，以收復失地，保住了南宋半壁河山。這是岳飛的一大成就。此外，岳飛的偉大事蹟自然就是收復襄陽六郡，北伐中原。

紹興十年（西元1140年），岳飛揮師北伐，先後收復鄭州、洛陽等地，又於郾城、潁昌大敗金軍，進軍朱仙鎮。眼看捷報頻傳，將士們的士氣都愈來愈高的時候，宋高宗趙構（西元1107—1187年）竟然向金朝求和！而且在一日之內，連發十二道金牌硬是把岳飛給召回來，而且還命韓世忠等諸將領撤退，置岳飛於孤軍深入的境地。岳飛在不得已必須班師回朝的時候，既無奈又悲憤的仰天長嘆道：「十年之功，毀於一旦！」

翌年，宰相秦檜（西元1090—1155年）誣陷岳飛、岳雲父子謀反，並以「莫須有」（就是「也許有」）的罪名殺害了他們。岳飛死時三十九歲，兒子岳雲年僅二十三歲。

直到二十年後，宋孝宗趙昚（西元1127—1194年）即位，岳飛的冤獄才被平反，並被追諡武穆，後來又追諡忠武，封鄂王。

岳飛的代表詞作《滿江紅·怒髮衝冠》，是千古傳頌的愛國名篇，後人另輯有岳飛的文集傳世。

抗倭英雄
戚繼光

（西元1528—1588年，明朝）

「南倭北虜」，指的是來自東南沿海一帶倭寇（日本海盜）的侵擾，和北部邊境韃靼騎兵的襲擾，這是長期困擾明朝朝廷、危及大明江山的兩大問題，而在明朝有一位名將，在長達四十多年的戎馬生涯中，南平倭寇，北禦蒙古，對朝廷深以為苦的兩大棘手難題都有傑出的貢獻。

他就是明朝抗倭名將戚繼光。

戚繼光是山東蓬萊人，祖籍則是安徽定遠。當他出生的時候，父親已經五十六歲了，但是，儘管老來得子，父親對他卻一點也不溺愛，管教非常嚴格，還早早就在一面牆上題著「忠孝廉潔」四個大字，以此來經常教育戚繼光。

雖然家境貧寒，但戚繼光從小就喜歡讀書，通曉儒經史籍。十七歲那年（嘉靖二十三年，西元1544年），戚繼光襲父職，做了登州衛指揮僉事，四年後戍薊門（今河北薊縣），在此期間他參加山東鄉試，中了武舉。到了二十五歲的時候（西元1553年），戚繼光被提升為都指揮僉事，管理登州營、文登營、即墨營以及這三個營所屬的二十五個衛、所，開始負起專任防禦山東海上倭寇的責任。

初到山東，戚繼光便發現明軍紀律鬆弛，將驕兵惰（就是說將帥驕傲，士兵懶惰），簡單來講就是極度缺乏戰鬥力，這樣的軍隊怎麼對付得了日益猖獗的倭寇呢？事實上，從明朝中期以後，由於國力日衰，使得東南沿海一帶武備廢弛，倭寇侵擾的事就愈來愈頻繁，到了戚繼光所處的明朝嘉靖年間，倭寇之患已經成為令明朝非常頭痛的一大禍害。就在戚繼光被擢升為都指揮僉事的這一年，就有成千上萬的倭寇從山東一直作亂到廣東沿海，到處橫行劫掠，屠殺中國百姓，不但沿海數千里同時告急，倭寇甚至還深入到浙江東西和長江南北地區，長達三個月之久，所侵犯和焚掠的州縣衛所達三十多處，十分惡劣和囂張。

於是，戚繼光專程到金華、義烏等地去招募了三千農民，親自訓練，包括教士兵們使用各種兵器以及種種作戰方陣，建立起一支紀律嚴明、士兵們一個個都勇敢善戰的軍隊，這便是早期的「戚家軍」。

此外，由於浙閔沿海山陵沼澤比較多，道路崎嶇，大部隊的兵力不易展開，而倭寇又特別擅長埋伏，雙方只要短兵相接，總是倭寇占盡優勢。針對這個問題，腦筋靈活的戚繼光創造了一種嶄新的戰鬥隊形，以十二個士兵為一個作戰基本單位的陣形，士兵們有的持長兵器，有的持短兵器，一旦與敵人正面遭遇，這種隊形可以隨地形和戰鬥需要而不斷變化，長短兵器還可以互相輔助。由於這個隊形看上去就像是一支結伴而行的鴛鴦隊伍，因此叫做「鴛鴦陣」。

戚繼光在東南沿海抗擊倭寇十餘年，掃平了多年在中國東南沿海肆虐無度的倭患，確保了沿海廣大民眾生命財產的安全。

四十歲那年（明穆宗隆慶二年，西元1568年），戚繼光北調，總理薊

州、昌平、遼東、保定軍務，與北方韃靼騎兵作戰，這一去又是十幾年，直到五十四歲（西元1582年）才離開北方，回到南方，調防廣州。戚繼光在北方抗擊蒙古部族內犯，同樣成果斐然，不僅保衛了北部疆域的安全，也促進了蒙漢民族的和平發展。

這麼一位戰神級的人物，居然非常「懼內」（怕老婆），留下不少軼事。

戚繼光的妻子王氏，將門虎女，野史總喜歡用「威猛」一詞來形容她。一次，戚繼光被部下所激，命人火速接王氏來軍營。為了迎接王氏，帳內眾將領都全副武裝，手持利刃，看上去殺氣騰騰，想要給王氏一個下馬威。不料，過了一會兒，王氏來了，看到如此陣仗，毫無懼色，反而目光犀利十分威嚴的對著戚繼光喝道：「叫我來有什麼事？」戚繼光一聽，頓時膽戰心驚，撲通一聲就跪下了，忙說：「沒事沒事，只是特別請夫人來閱兵。」

戚繼光撰寫了兩部重要的兵書，就是《紀效新書》（十八卷本）和《練兵實紀》（十四卷本），不僅是他多年來關於如何練兵打仗寶貴的經驗總結，也是他訓練軍隊的教本，都非常有價值，在軍事學上享有很高的地位，被收錄在《四庫全書》，在軍事著作裡占了十分之一，可見分量之重。

帶兵打仗，著書立說，這還沒完，戚繼光還會改造、發明各種火攻武器，建造大小不同尺寸的戰船、戰車。在東南沿海抗擊倭寇時，靠著他的巧思，明軍水路裝備逐漸優於敵人；在北禦蒙古時，他在長城上修建空心「敵臺」（就是城牆上用於防禦敵人的樓臺），進可攻退可守，是極具特色的軍事工程。戚繼光不僅是名將，也是極其出色的兵器專家和軍事工程家。同時，戚繼光還是書法家和詩人，當然，更是一位令人尊敬的民族英雄。

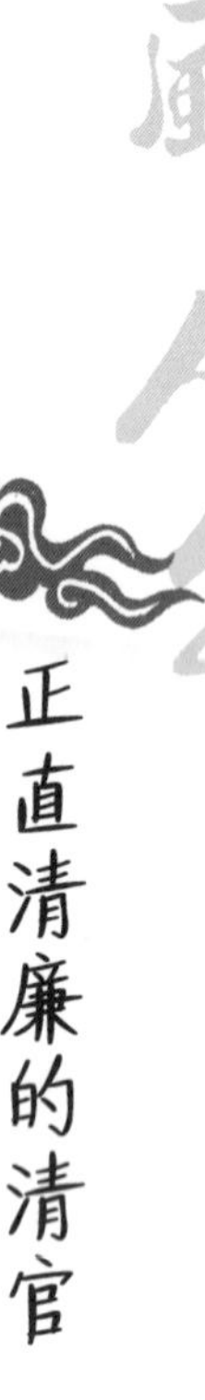

海瑞

正直清廉的清官

(西元1514—1587年，明朝)

海瑞在中國歷史上最突出的定位就是「著名清官」。他一生經歷了正德、嘉靖、隆慶和萬曆四朝，始終是官場中的一個異類。他非常非常尊重法律，凡是法律所不允許的，絕對是按照最嚴苛的標準來執行，因此他清廉的程度遠超出大眾所能想像。海瑞官至二品，照說官也做得滿大的了(明朝文官分九品，一品最高），可是在他七十三歲那年過世的時候僅僅留下白銀二十兩，簡直連喪葬費都不夠。

（明朝一兩銀子大約相當於新臺幣三千元，萬曆年間一兩銀子可以購買兩石一般質量的大米。）

海瑞字汝賢，號剛峰，海南瓊山（今海口市）人。「剛峰」這個號是他在年少時期取的，代表了他對自己的期許。在他四歲的時候，父親便撒手人寰，留下他和母親靠著祖上留下的幾十畝田相依為命。母親性格剛強，望子成龍，對海瑞的要求很嚴格，不讓他像一般的孩子那樣每天嬉戲玩耍，總是要求他好好讀書，海瑞從小就認真攻讀詩書經傳，年紀稍長，便立志將來如果做官，一定要做一個不謀私利、不諂媚權貴，剛正不阿的好官，所以自號「剛峰」，取其做人要剛強正直，不畏邪惡的意思。

有一點值得注意的是，海瑞讀書的時候，正是王守仁（西元1472—1529年）學說盛行之時，王守仁的學說除了注重唯心主義、提倡「知行合一」，還強調「立誠」，反對偽君子式的鄉愿作風，這些都對海瑞日後為人處世產生了很大的影響。海瑞一直是一個言行一致到近乎不近人情的人。

他連皇帝的過失也敢直言不諱。海瑞曾經向嘉靖皇帝上了一份奏疏，批評嘉靖皇帝自私多疑、虛榮奢華、還十分殘忍和愚蠢，認為舉凡官吏貪汙、役重稅多、各地盜匪滋生等諸多社會問題，皇帝本人都應該負最大責任……看得嘉靖皇帝大為震怒，把這份大不敬的奏疏摔在地上，大吼非要宰

了這個傢伙不可！一旁有個宦官為了平息皇帝的怒氣，趕緊跪在地上說，萬歲不用動怒，這個人向來不大正常，聽說他也知道上這個奏本必死無疑，所以在遞出之前已經給自己買好一口棺材，召集家人訣別，他們家的僕人已經統統都嚇得逃走了。嘉靖皇帝一聽，愣了一下，隨即又把那個奏疏撿起來一讀再讀。

在封建時代，像海瑞這樣的人在官場上尤其顯得格格不入。他在三十五歲那年（嘉靖二十八年，西元1549年）參加鄉試中舉，初任福建南平「教諭」（就是正式教師）。海瑞經常告訴學生，讀書人要尊重自己的身分，不該對上官隨便下跪。一次，一位朝廷派來的御史前來視察，其他教師都非常恭謹的跪在地上通報姓名，唯獨海瑞沒有下跪，只是拱手鞠躬，還說：「如果我到御史您所在的衙門，當行部屬禮儀，可是這裡是學堂，是老師教育學生的地方，我們做老師的不應該屈身行禮。」

海瑞正式進入官場的時候都已經快要半百了。嘉靖四十一年（西元1562年），四十八歲的海瑞放下教鞭，升任浙江淳安知縣，他做事非常認真，一到淳安就發現這裡存在著嚴重的不公平的賦稅問題，於是海瑞重新清丈土地，規定賦稅標準，這麼一來淳安農民的負擔就明顯減輕，不少過去逃亡的農戶聞訊都紛紛又回到家鄉。

海瑞後來又歷任州判官、戶部主事、兵部主事、尚寶丞、兩京左右通政、右僉都御史等職，所到之處，總是打擊地方豪強，力阻徇私舞弊、嚴懲貪官，令許多吃公家飯的都非常懼怕他，一聽到海瑞要來，權貴們有的趕緊把家裡的大門從大紅色改漆成黑色，有的減少車馬隨從，都是刻意低調，生怕讓海瑞覺得自己過分鋪張，還有一些貪官汙吏則乾脆自動辭職。

海瑞也做了很多實事，譬如屢平冤假錯案、疏浚河道、興修水利，讓老百姓真真切切的得到實惠。同時，他嫉惡如仇，尤其痛恨大戶兼併土地，因此全力推行宰相張居正（西元1525—1582年）制定的「一條鞭法」，凡是之前土地被富豪兼併的貧戶，大多都得到返還，海瑞受到民眾普遍的愛戴，老百姓都稱他為「海青天」。

然而，海瑞一直受到同僚的排擠，就連張居正也不喜歡他。張居正曾命巡按御史考察海瑞，御史到了海瑞的家，看到他們家無論是房舍或是所使用的家具都十分簡陋，嘆息而去。張居正擔心海瑞過分的嚴峻剛直，最終還是不曾重用海瑞。

萬曆十五年（西元1587年），海瑞病死在南京的官邸，後來獲贈太子太保，謚號忠介。海瑞死後，關於他的一些軼事開始慢慢在民間廣為流傳，其中最出名的就是「海瑞罷官」的故事。

這個故事大致是說海瑞在擔任應天巡撫期間，一天，微服出訪，偶遇一個可憐的、受盡冤屈的民女趙小蘭，海瑞查明真相，判處兩個壞蛋死罪，飭令他們退還之前霸占趙家的田地。壞蛋家買通權貴，企圖罷免海瑞，推翻定案，不過，海瑞及時識破他們的陰謀，還是斷然將兩個壞蛋處斬，然後交出巡撫大印，慨然罷官歸里。

鄭成功

（西元1624－1662年，明末清初）

鄭成功是明末抗清名將，也是民族英雄。中華民族是一個以漢族為主體的民族，所以就像南宋岳飛抗金、宋末文天祥抗元一樣，鄭成功抗清當然也是民族英雄。像明朝的戚繼光抗倭，清朝的林則徐抗英，那就更是民族英雄了。

不過鄭成功實際上是一個中日混血兒，只不過他從骨子裡認同自己是漢族，是中國人。他的父親鄭芝龍是一個海商兼海上走私集團的頭目，一生共有五位妻子，其中第二位妻子田川氏是日本人，就是鄭成功的母親。

鄭成功原籍福建南安石井鎮，祖籍河南固始，出生於日本九州平戶藩。在六歲以前，鄭成功一直跟隨母親住在平戶，直到父親鄭芝龍接受明朝招安任官之後，才被接回泉州府安平（今福建省安海鎮）居住讀書。

明朝末年（崇禎十一年，西元1638年），十四歲的鄭成功考中秀才（正式的名稱是「生員」），然後再接再厲經過考試成為南安縣二十位「廩膳生」之一。明清兩代由公家供以膳食的生員叫做「廩膳生」，相當於今天拿獎學金的學生。六年之後，二十歲的鄭成功被送往金陵（今江蘇省會南京）求學，師從江浙名儒錢謙益（西元1582—1664年）。鄭成功原本叫做福松，錢謙益為他取名為森，字大木，取其「深沉整肅，從眾茂盛」的意思。

同年，「闖王」李自成（西元1606—1645年）率領農民起義軍攻破北京，崇禎皇帝朱由檢（西元1611—1644年）在煤山自縊身亡，明朝宣告滅亡。然而，由於鎮守山海關的吳三桂聽聞家人被殺、愛妾陳圓圓被搶，非常憤慨，於是「衝冠一怒為紅顏」，引清軍入關，李自成只做了四十二天的皇帝就狼狽退出北京，翌年在湖北的九宮山遭到村民誤殺。

因此，後來民間就流行一段民謠，「朱家麵，李家磨，做成一個大饃饃，送給對巷的趙大哥」；「朱家麵」比喻明朝江山，「李家磨」比喻李自成滅了明朝，「趙大哥」比喻建立清朝的滿族愛新覺羅氏（源於早期女真）。

就在崇禎皇帝殉國之後，明朝遺臣隨即在南京擁立福王朱由崧（西元1607—1646年）登基，翌年改元「弘光」。可是，朱由崧在位僅八個月，清軍就兵臨江南，破揚州，攻占南京，兵部尚書史可法（西元1601—1645年）等人殉國，朱由崧被俘，被押往北京，隔年遭到殺害，弘光政權也就此覆滅。

屬於滿族的清廷在江南採取非常強硬的高壓政策，強行下達剃髮令，「留髮不留頭，留頭不留髮」，此舉其實就是要澈底摧毀漢族的精神意志，因為漢族的傳統思想向來是「身體髮膚，受之父母，不敢毀傷」，怎麼能如此輕易的剪掉頭髮，於是各地都發生了抗清運動，當時鄭芝龍手握重兵，與其他人在福州一起擁立唐王朱聿鍵（西元1606—1646年），這就是隆武帝。隆武帝是南明政權中一位比較有做為的帝王，可惜力量過於弱小，再加上不久魯王朱以海（西元1618—1662年）也在紹興稱「監國」（指君王不能親政時，由他人代理朝政），雖然都是抗清，但彼此之間不免矛盾重重，各行其是。

在隆武政權成立以後，鄭芝龍把兒子鄭森引薦給隆武帝，隆武帝非常賞識這個年輕人，頗為遺憾的說「可惜我沒有女兒，要不然許配給你多好啊」。在封建時代，皇帝想收誰做女婿，這可是最高榮譽了，同時，隆武帝還把朱姓賜給他（這可是「國姓」，因為明朝開國皇帝是朱元璋啊），並把他的名字從「森」改為「成功」，從這個時候開始，鄭森就成了「朱成功」，普通老百姓都尊稱他為「國姓爺」。一直到後來清朝在收回臺灣以後，才強迫他的後人改回「鄭」姓，世人遂就一直稱呼他為鄭成功。

西元1646年（隆武二年，清順治三年），清軍入閔，鄭芝龍準備帶著諸子迎降，以為此舉不但可以保住家業，還可加官進爵，二十二歲的鄭成功十分悲憤，拚命哭諫，可父親還是不聽，鄭成功只好帶著部分士兵出走金門。不久，鄭成功得知清軍征閔主帥背約，不僅將父親和弟兄挾往燕京，還出兵攻打鄭家的故鄉閩南南安，鄭成功的母親在戰亂中自縊身亡，這些打擊更堅定了鄭成功抗清的決心。

翌年，鄭成功在小金門（今金門縣烈嶼鄉），以「忠孝伯招討大將軍罪臣國姓」之名誓師反清。

十四年後（西元1661年，順治十八年），鄭成功為爭取反清復明的根據地，率軍橫渡臺灣海峽，隔年年底打敗荷蘭東印度公司在臺灣大員（今臺灣臺南市境內）的駐軍，收復臺灣，開啟鄭氏在臺灣的統治。

然而，還不到半年，鄭成功便因急病而亡，年僅三十八歲。他壯志未酬，死前抓破了自己的臉面，大喊：「我無面目見先帝於地下！」

鄭成功死後，臺灣民間陸續建立一些廟宇來紀念他，其中以臺南延平郡王祠最具代表性。

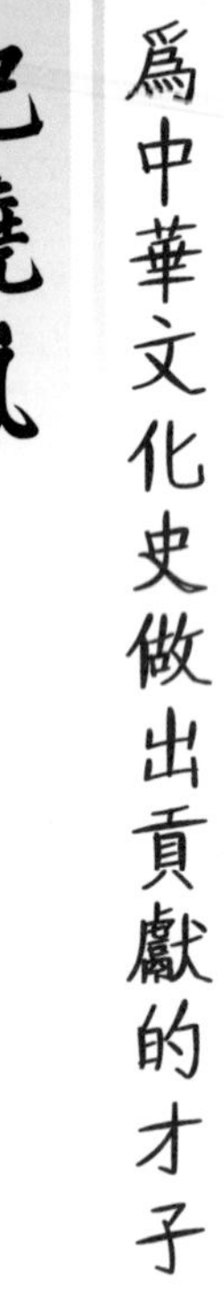

紀曉嵐

爲中華文化史做出貢獻的才子

（西元1724—1805年，清朝）

紀昀，字曉嵐，世人都稱他為紀曉嵐。他是清朝相當有名的文官和文學家，不過，儘管從政超過半個世紀，他在文學上的成就還是要大大勝過在政治上的作為。

紀曉嵐是直隸獻縣（今河北滄州市）人，祖籍是應天府上元縣。雍正八年

（西元1730年），六歲的紀曉嵐參加童子試，取得優異的成績，獲得「神童」的綽號。在接下來的二十幾年間，他多次應考，多有斬獲。乾隆十九年（西元1754年），在正科會試中考了第二十二名，然後在之後的殿試中考了二甲第四，入選翰林院庶吉士，繼授編修，就此展開他的官宦生涯。這年，紀曉嵐三十歲。

至八十一歲在京城病逝為止，紀曉嵐歷任左都御史，兵部、禮部尚書等等。紀曉嵐相當關注民間疾苦，對重大社會問題反應迅速。有一個典型的例子是在乾隆五十七年（西元1792年）夏天，京城附近遭受水災，大量災民湧入京師就食，紀曉嵐急忙向皇帝上疏陳情，奏請截留南漕一萬石官糧送到災區去，結果原本聚集在京城的災民不驅自退，社會秩序也很快就安定下來。

乾隆時期，文官中最重要的兩大支柱就是紀曉嵐和和珅（西元1750—1799

年），很多影視作品都喜歡拿他們來大做文章，民間還有傳聞說兩人結怨頗深，實際上按書上記載，他們之間的關係不僅沒那麼糟，反而還有一點像忘年之交。紀曉嵐比和珅年長二十六歲，整整差了一輩，年輕的和珅處世態度比較外向潑辣，年長的紀曉嵐經常會提醒，有時雖然因兩人看法不同自然會發生一些爭論，但也有很多時候兩人都是配合得默契十足。更關鍵的一點是，與和珅相較，紀曉嵐的定位只是一個御用文人，可以說跟和珅是沒有什麼利益衝突的，所以，雖然他們是當時清朝朝廷最重要的兩大支柱，兩人之間並不會鬥得不可開交。

紀曉嵐與乾隆皇帝之間有不少小故事。一次，乾隆緊急召見，正在抽旱煙的紀曉嵐來不及將煙熄滅，把煙袋藏在靴子裡就急急忙忙跑去朝見聖上，不料過了一會兒，煙竟然在他的靴子裡燒起來了，可紀曉嵐又不敢說，只得忍著

痛，巴望著皇上的講話趕快結束。乾隆皇帝原本沒注意到紀曉嵐有什麼異樣，直到看到紀曉嵐的褲腳竟然冒出煙來，嚇了一跳，問他是怎麼回事，紀曉嵐才咬著牙說了三個字：「失火了。」乾隆大驚，立刻叫他出去救火。

紀曉嵐與乾隆年間另一位著名的文官劉墉（西元1719—1804年）淵源頗深。劉墉比紀曉嵐年長五歲，屬於同輩人，當年紀曉嵐參加鄉試的時候，主考官就是劉墉的父親劉統勳（西元1698—1773年）。和珅專權幾十年，凡是當官的無不忌憚，只有劉墉、紀曉嵐等少數大臣始終不曾依附。劉墉是優秀的書法家，紀曉嵐是優秀的文學家，兩人都喜歡收藏硯臺。

乾隆三十八年（西元1773年）二月開「四庫館」，劉墉舉薦時年四十九歲的紀曉嵐擔任四庫館總纂官。至乾隆五十二年（西元1787年）四庫館關閉為止，紀曉嵐一直擔任總纂官，長達十四年。《四庫全書總目提要》是紀曉嵐一生最重要的成就，一共200卷，收正式入庫書3461種，存目書6819種，93500餘卷。後來因為《總目》的規模實在太過龐大，所以又刪節編成《四庫全書簡明目錄》20卷。

在四庫館開館期間，發生過五十多起文字獄案，和紀曉嵐一起擔任總纂、總校的大員，有的被嚇死，有的被罰光了家產，紀曉嵐也有幾次因為被文字獄牽扯其中而被多次記過，以及被罰款，不過他還是堅持了下來，直到把工作完成。四庫館關閉的這一年，他都六十三歲了。兩年之後紀曉嵐開始寫《閱微草堂筆記》，一寫就寫了九年，至嘉慶三年（西元1798年）完成，共三十八萬餘字，二十四卷，又過兩年由其門人印行。全書雖然主要都是在講述狐鬼神怪的故事，勸善懲惡，但也間接寫出了封建社會的腐朽和黑暗，也成了紀曉嵐的代表作。

《閱微草堂筆記》印行後大約五年（嘉慶十年，西元1805年），紀曉嵐就病逝了，嘉慶皇帝御賜的碑文是「敏而好學可為文，授之以政無不達」，所以後來就取這兩句話的最後一個字「文」和「達」，諡號文達，從此鄉里都世稱紀曉嵐為文達公。

紀曉嵐的仕宦生涯和學術活動主要都在十八世紀中後期，正是中國思想文化史上一個相當重要的時期，在這個時期中，紀曉嵐一直是官方學術工作的領導者，凡是有編輯、修書的任務，他必定都參與其間，因此，說他是一位對中國文化史有重大貢獻的學者，紀曉嵐是當之無愧的。

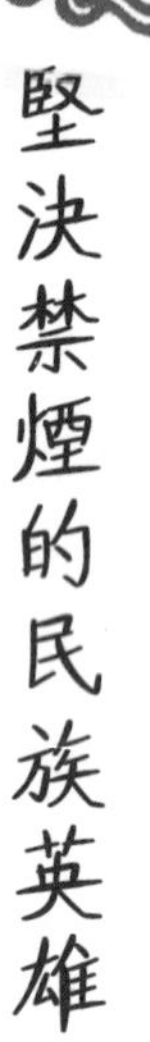

堅決禁煙的民族英雄

林則徐

（西元1785—1850年，清朝）

林則徐不僅是清朝名臣，也是思想家和詩人，更被稱為中國近代第一位民族英雄。

他是福建侯官（今福州市）人，關於他的名字有一個特別的故事。在他出生當天正是盛夏，父親在接生婆來了之後便去鎮上想買一點滋養品，回家途中遇到一陣大雨，匆匆返抵家門時，非常吃驚的看到自家門口竟然站著一位二品官員，與此同時屋內剛巧傳出嬰兒洪亮的啼哭聲。父親趕緊撲通一聲就朝著官員跪拜，但立刻就被官員親手攙扶了起來，還向他道賀，說這個孩子將來說不定會是大清的棟梁之才呢。這位官員原來是福建巡撫徐嗣曾（生年不詳，卒於西元1790年），當天是在鄉下視察結束要回衙的路上碰到了大雨，荒郊野外無處躲雨，好不容易見到一棟破舊的小屋，於是眾人就趕緊衝向那棟小屋，一起擠在屋簷下避雨。見巡撫大人如此平易可親，這個小老百姓十分感動，便把新生兒取名為「則徐」，「則」有效法的意思，就是說希望孩子將來長大以後能夠效法徐嗣曾大人，做一個受人尊敬的好官。

日後，林則徐並沒有辜負父親的期望。他一生從政為官四十年，官至一品，曾任湖廣總督、陝甘總督和雲貴總督，兩次受命欽差大臣，他為政清廉，做事認真，責任感極強，為老百姓做了很多實事，所到之處總是為民眾所景仰，還贏得了「林青天」的美譽，而由於主張嚴禁鴉片，還使他成為後人心目中的民族英雄。

在從政之前，林則徐曾經在閔縣、廈門當過衙門的文書，也在家鄉當過私塾老師，這些經歷使他比較了解民情，對於鴉片的禍害，感受也比較深。西元1838年，林則徐三次復奏道光皇帝，痛陳鴉片對國家社稷的危害已經到了不能再漠視的地步，如果再不禁煙，數十年後，「中原幾無可以御敵之兵，且無可以充餉之銀」，就是說國家既沒有兵可以打仗、無法抵抗外敵，同時也會窮得不得了。林則徐的話堅定了道光皇帝要嚴禁鴉片的決心，於是授林則徐為欽差大臣，加兵部尚書銜，命他前往廣東禁煙。

翌年年初，林則徐從北京到了廣東，立刻派人明察暗訪，然後命外國鴉片商

人在限期之內交出鴉片，並具結保證今後永不夾帶鴉片，為了表示自己將嚴格執行禁煙的任務，林則徐還嚴正聲明「若鴉片一日不絕，本大人一日不回，誓與此事相始終，斷無中止之理」，但一開始那些外商當然都還是拒絕交出鴉片，經過大約半年的整治，林則徐收繳了全部鴉片近兩萬箱，超過兩百三十公斤，然後在六月三日這一天，於虎門海灘當眾銷毀。這也就是「六三禁煙節」的由來。

林則徐的禁煙之舉原本受到道光皇帝的充分肯定，七月下旬當道光皇帝看了林則徐的虎門銷煙報告時還非常高興，直說「真是大快人心」，不久適逢林則徐過五十五歲生日，道光皇帝還親筆寫了「福」、「壽」二字的大楷橫匾，差人送往廣州，以示嘉獎，可是接下來情勢就急轉直下，英國政府以虎門銷煙為由，竟然決定派出遠征軍侵華。道光皇帝立刻翻臉，指責林則徐倡議禁煙簡直是一派胡言。

就在與虎門銷煙僅僅相隔一年左右，爆發了第一次鴉片戰爭，最終以中國失敗、割地賠款而結束，中英雙方簽訂了中國歷史上第一個不平等條約《南京條約》。林則徐成了罪人，被道光皇帝革職，發往新疆伊犁，叫他設法效力贖罪。

道光二十一年（西元1841年）七月中，林則徐踏上戍途。途中，林則徐

與妻子在古城西安告別的時候，滿懷憂憤寫下了「苟利國家生死以，豈因禍福避趨之」的名句，意思就是說，只要是對國家有利，即使犧牲自己生命也心甘情願，絕不會因為自己可能將受到禍害而躲開。林則徐的愛國情操著實令人感佩。

四年後，朝廷才重新啟用林則徐。道光二十七年（西元1847年）三月，清廷命林則徐為雲貴總督。不過，過了三年林則徐就過世了，享年六十五歲。

長久以來，民間一直流傳林則徐是被毒死的，因為儘管林則徐力抗西方入侵，可是對於西方的文化、科技和貿易倒是持開放的態度，並且積極想要了解西方，譬如組織翻譯了英國人慕瑞的《世界地理大全》，把它編成《四洲志》，這是中國近代第一部介紹西方地理知識的專著。

根據文獻記載，林則徐至少略通英語和葡萄牙語兩種外語，著力翻譯西方報刊和書籍，想讓國人也都能對西方有所了解，後來晚清思想家、同時也是林則徐的好友魏源（西元1794—1857年），將林則徐及幕僚翻譯的文書合編為《海國圖志》，這本書對晚清的洋務運動乃至日本的明治維新都具有重大的啟發作用。魏源在書中提出「師夷長技以制夷」的明確主張，認為應該向洋人學習先進的軍事技術，來抵抗洋人的侵略，而這實際上就是源自林則徐的思想。

林則徐可說是晚清第一個能夠放眼世界的人。據說因此引起許多洋商的擔憂，於是用重金賄賂了他的廚師，在他的食物中下毒，導致林則徐的死亡。

魯班

建築和木匠業的鼻祖

（西元前507—前444年，春秋末期到戰國初期）

有一句成語「班門弄斧」，有兩種截然不同的意思。其一，是說在魯班的門前舞弄大斧，比喻不自量力，居然敢在行家面前賣弄自以為是的本領；其二，是作為一種謙詞，表示自己不敢在行家面前賣弄小本事。這個了不起的行家魯班，是生活在距今兩千四五百年以前的人物，是中國建築和木匠的鼻祖。

還有另外一句俗語也跟魯班有關，那就是「有眼不識泰山」。在這個句子裡，「泰山」不是指位於今天山東省中部的那座名山，而是一個人名。魯班招了不少徒弟，泰山就是其中之一。為了維護班門聲譽，魯班定期會對弟子進行考核，不合就淘汰，一回就把泰山給淘汰了。過了幾年，一天，魯班在街上閒逛，偶然見到一家家具店裡頭的產品，做工非常精緻，相當欣賞，詢問之下，大吃一驚，原來這些家具都是出自之前被自己所淘汰的泰山之手！魯班當下就發出一番感慨：「我真是有眼不識泰山啊！」

即使是頂尖高手也有看走眼的時候啊。

魯班本來是姓姬，公輸氏，也有很多人稱他為公輸盤、公輸般、班輸，尊稱公輸子，之所以被世人慣稱為魯班，主要是因為他是春秋時期魯國人。他出生於世代工匠的家庭，從小就跟隨家人參加過很多土木、建築工程的勞動，逐漸掌握了這方面的技能。他本身又很喜歡動腦，經常會做出一些巧奪天工的東西，比方說他曾經用木頭做出一隻飛鳥，在天上飛了三天三夜都掉不下來。想想看，在兩千多年以前就能做出猶如今日遙控飛機般的東西，是不是很驚人！

相傳木工師傅們所使用的工具，諸如鑽、刨子、鏟子、鋸子、曲尺等等，都是魯班發明的，而且魯班的創意都是來自於生活，能從很多不容易被一般人注意到的細微之處得到啟發。

就拿鋸子來說吧。雖然依據考古學家的發現，居住在中國地區的人類早在新石器時代就已經會加工和使用帶齒狀的石鐮和蚌鐮，這些都是鋸子的雛型，在魯班出生前數百年以前的周朝，也已經有人使用銅鋸，「鋸」這個字也早已出現，不過，木工師傅們所使用的鋸子，一般都相信是魯班所發明的。

相傳有一次魯班進深山砍樹，一不小心，腳底一滑，手被一種野草的葉子給劃破，頓時就見血了，魯班把葉片撿起來一看，發現葉片兩邊都長著鋒利的齒，意識到自己方才就是被這些鋒利的小齒所劃破的，魯班頓時就有了一個靈感，如果能做出類似這種葉片一樣有利齒的工具，不就可以提高砍樹的效率了嗎？於是經過多次實驗，魯班發明了鋸子，果然非常好用。

根據古書上的記載，石磨也是魯班發明的。他用兩塊比較堅硬的圓石，分別先鑿成密布的淺槽，再將它們合在一起，然後用人力或是畜力使它們轉動，這樣就可以比較輕鬆的把米麵磨成粉了。在此之前，大家都得把穀物放在石臼裡以人工舂搗，想想看，魯班的發明節省了多少的人力，又提高了多大的效率。無怪乎古書上說石磨的發明是古代糧食加工工具的一大進步。就目前的考古資料來看，距今四千多年的龍山文化已經有了杵臼，因此學者推測儘管目前沒有辦法那麼確切的證明石磨就是魯班所發明，但至少可以知道在魯班的時代出現石磨是有可能的。

相傳第一個在地下掘出水來的人是舜帝，第一個在山區打出深水井的人是「百工聖祖」魯班。據說每一口井的拉水滑輪也是魯班發明的，創意的起源也是由於魯班看見大家總是一頭挑著瓦罐、一頭挑著一團井繩走上井臺，要辛苦大半天才

能提上一罐水，覺得這樣太沒效率了，於是就想呀想呀設計了拉水的滑輪。

後來滑輪又慢慢「轉」成轆轤，轆轤又慢慢「轉」成風車，風車又慢慢「轉」成「水車」……文明就是這樣愈來愈進步的。

魯班這麼厲害，聲名自然漸漸傳出了本國。大約在西元前450年左右、也就是魯班五十七歲左右，他應邀來到楚國擔任大夫，幫助楚國製造兵器。「雲梯」就是在這樣的情況之下被魯班發明出來。古代每一座城市都會有城牆，在作戰的時候，攻城是最難的，而魯班的雲梯無疑是有效降低攻城的難度。當時，「楚國有了攻城利器雲梯」的消息一傳出來，各國都很緊張。不久，當主張「兼愛」、「非攻」（其實就是反戰思想）的墨子（生卒年不詳）得知楚國準備用雲梯去攻打宋國，特地不遠千里，從魯國出發，徒步了十天十夜趕至楚國的都城郢，與魯班和楚王雄辯，好不容易才說服楚王放棄攻打宋國的計劃。

中國古代的建築和木匠業都是師徒制，將手藝代代相傳，留下來的文字資料很少，唯獨明代的《魯班經》是一個例外，至今仍是木工行業一部重要的專用書籍，現存好幾種不同的版本，具有重要的史料價值。

此外，由於魯班似乎太神了，發明的東西實在是太多了，因此也有不少學者認為其實「魯班」這個名字是代表著兩千多年以來老祖先們的集體智慧，大家把很多不可考的發明也統統都算在他的頭上，有一點類似「倉頡造字」，實際上「倉頡」也是一個代表，文字的發明也不可能全部都是由倉頡一個人所完成的一樣。

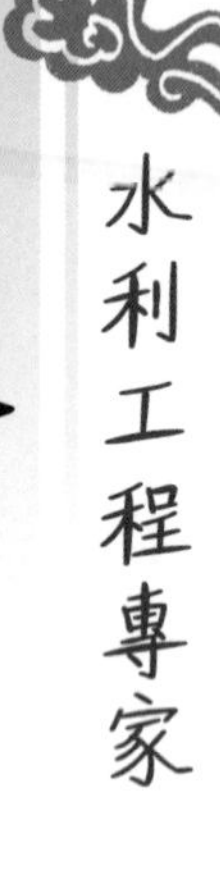

李冰

水利工程專家

（雖然也有學者推算李冰大約出生於西元前302年，卒於西元前235年，享年六十七歲左右，但一般普遍還是認為他的生卒年均不詳，只能確定是戰國時代）

李冰是戰國時代著名的水利工程專家，大約在西元前277—前250年、也就是大約在秦昭王三十年至秦孝王之間，被任命為蜀郡太守，負責治理今天四川成都一帶。西元2000年被聯合國教科文組織列入世界文化遺產名錄的都江堰，

就是由他所主持設計和監造的，是全世界迄今為止年代最久、唯一留存、而且兩千多年以來仍在一直使用，以無壩引水為特徵的宏大水利工程。

古代的蜀地（今四川）素有「澤國」之稱，總是非澇即旱。「澇」和「旱」是相對的，前者是指田裡的莊稼因為雨水過多而被淹，後者則是指莊稼因為缺水而枯死，四川人民世世代代都為缺水所苦，也世世代代總是在跟洪水做艱苦的奮鬥。到了戰國時代，秦國為了將蜀地建設為重要基地，決心一定要澈底治理岷江水患，於是便派了精通治水的李冰取代原本是政治家的張若（生卒年不詳）來擔任蜀郡太守。

李冰是一個奇才，能知天文地理，到任以後立即不辭辛勞，親自四處勘察為什麼蜀地會長期發生災害。由此可見這位生活在兩千多年以前的水利專家，解決問題的辦法是非常科學的，就是一定要先找到癥結所在。經過一段時間的用心勘察，李冰有了初步的想法。

原來成都平原是一個西北高、東南低呈傾斜狀的扇形平原，從岷山之中奔騰而下的岷江，流至灌口（今四川都江堰市灌口鎮）進入平原，水勢減緩，可由於玉壘山擋住了岷江東去的道路，河道被迫折轉向西，充沛的江水流至宜賓，匯入長江。這麼一來，成都平原的廣大地區不僅得不到岷江的灌溉，還經常會有兩極化的天災；那就是碰到冬春兩季沒雨的時候就鬧旱災，而到了夏秋兩季，上游岷山積雪融化，中下游又經常發生暴雨，雪水加上洪水，使得江水陡漲，岷江河床容納不下，自然就會氾濫成災。

找到了為什麼蜀地總是非澇即旱的原因之後，李冰再花了些工夫總結前人治水的經驗，終於提出一套「分洪以減災，引水以灌田」的治水方針，決定要在成都平原西部的岷江上修建一座具備防洪、灌溉、航運等多功能的大型綜合

水利工程，這就是現在舉世聞名的都江堰，由分水堰、飛沙堰和寶瓶口三個主要工程所組成，不僅規模宏大，而且地點適宜、布局合理，兩千多年以來至今都仍在有效發揮著巨大的排灌作用，確保了當地的農業生產，實實在在的造福著四川人民，使四川成為了「天府之國」。

在兩千多年以前，既沒有現代化機械設備，也沒有火藥（火藥是中國四大發明之一，距今是一千多年的歷史），都江堰工程之艱辛真是可想而知，可是在李冰的設計和帶領之下，硬是將這個幾乎不可能的任務完成了。

比方說，開鑿寶瓶口是整個工程的關鍵（要在玉壘山伸向岷江的長脊上，以人工鑿開一個進水口），李冰帶著老百姓把許多木柴堆積在岩石上，放火點燃，等到岩石被燒得滾燙時再趕快猛澆冷水，在冷熱急劇的變化中，這些原本異常堅硬的岩石便被炸裂。想想看，在那麼古老的年代，居然能想出用這樣的方法，形同現代工程中的「炸山」，是不是很聰明、很了不起！

又如，在整個工程中勢必需要修建很多堤壩，怎麼樣來堆砌當然是一大難題。李冰從婦女洗衣服用的竹籠得到啟發，讓大家從山上砍來許多竹子，編織成一個個大竹籠放在水邊，然後往這些大竹籠裡填滿鵝卵石，再層層相疊，一條條堤壩就這樣修起來了。這種方法可以說是就地取材，無論是施工或是維修都簡單易行，同時，由於這些籠石層層累築，既可免除堤埂斷裂，還可利用卵石間的空隙減少洪水的直接壓力，從而降低了堤堰崩潰的危險。

或許也就是因為整個工程充滿了各式各樣的困難和挑戰，民間傳說中「二郎鎖孽龍」的故事背景就是發生在李冰父子建造都江堰的時候，「二郎」就是李冰的次子。儘管李二郎在正史上並沒有記載，但是關於二郎神的信仰從東漢末年就開始醞釀，歷代帝王也都認可二郎神就是李冰的兒子。

除了都江堰，李冰還主持疏導了文井江、白水江等水道，修治了沫水（也就是大渡河與岷江合流地段），效果良好，被後世崇奉為「川祖」。

此外，李冰還創造出一種鑿井汲鹵煮鹽的方法，這是鑿井煮鹽在中國歷史上被記錄在書籍上最早的記錄，結束了巴蜀鹽業生產的原始狀況，四川井鹽業從此就發展了起來，一直到現在，四川都還是中國極為重要的產鹽區。

李冰最後因為積勞成疾死在治理石亭江的工地上。相傳他還留下「深淘灘，低築堰」的遺訓。「深淘灘」的意思，是要使內江在小水時期的流量不至於過小而不夠用，「低築堰」則是告誡後人不可把飛沙堰築得過高，否則一旦碰到洪水時就不能充分排泄多餘的水量。

李冰對四川的貢獻真是不可磨滅、難以估量啊。

揭竿起義 陳勝

（生年不詳—西元前208年，秦末）

西漢著名史學家司馬遷（西元前145年—不可考）的《史記》是中國文學和史學的重要著作，不僅開創了一種前所未有「為人物立傳」的紀傳體，司馬遷所選擇立傳的對象更是非常特別，他並不僅僅限於擁有至高無上權威的帝王，而完全是著眼於這個人物對於歷史的影響性，因此他不以成敗論英雄，即使楚漢相爭的勝利者是漢高祖劉邦，他仍然為敗方西楚霸王項羽立傳，同時司馬遷還會為一些老百姓立傳，只要這個平民對於歷史產生了莫大的影響力，其中秦末的陳勝就是一個突出的例子。

陳勝是陽城（今河南登封東南）人，只是一個傭農，司馬遷為什麼會為他立傳呢？就因為他做了一件大事，他是秦末第一個造反的人。

雖然陳勝只是一個傭農，但他還是很有膽識的，在慫恿吳廣（和陳勝一樣，生年不詳，卒於西元前208年）一起造反之前，他分析「天下苦秦久矣」，意思就是說天下百姓對於秦朝的暴政已經早就有很深的怨恨了，所以陳勝判斷只要他們敢站出來大聲的登高一呼，大喊要反抗秦朝、推翻秦朝，到時候附和的人一定會很多很多！

結果，後來事情的發展果真就如陳勝預料的一樣，當陳勝、吳廣率眾「揭竿而起」（因為秦始皇一統天下之後，曾經銷毀了天下所有的兵器，所以他們只能立刻砍伐樹木和竹竿做為武器），立刻就掀起了一股全國性的反秦浪潮！

只要稍微對比一下，在陳勝造反之前，雖然民間已經普遍都對秦朝充滿怨恨，也就是說「反秦」已是大勢所趨，但造反畢竟是一件非同小可的事，即使是像項羽那樣的蓋世英雄和他的叔叔項梁都還在觀望，足智多謀的張良也只是找了一個大力士想要行刺秦始皇，結果失敗……由此就可見陳勝是多麼的不簡單！

不過，陳勝的造反，在必然之中也有一點偶然的因素。

秦二世元年（西元前209年）七月，陽城的地方官押著包括陳勝、吳廣在內一共九百名民夫要去防守漁陽。當隊伍行駐在大澤鄉（今安徽宿縣東南劉村集）的時候，一連幾天都是滂沱大雨，無法前進。眼看行程被耽誤得愈來愈嚴重，距漁陽卻還有遙遙幾千里，大家都心急如焚，因為秦朝的法律非常嚴酷，如果不能在指定的時間之內準時抵達就得殺頭。於是，陳勝當機立斷，心想反正是死定了，乾脆造反吧！

他先偷偷跟吳廣商量。吳廣本來一聽大驚，很害怕，並不願意，他只想逃走，陳勝便提醒他，如果被抓回來也是死路一條，不如放手一搏，或許還能殺出一番生路！

陳勝、吳廣就這樣在大澤鄉率眾造反，成為秦末反秦的先驅，不久就在陳郡稱王，建立張楚政權，但短短半年就被秦軍所敗，陳勝也遭自己的車夫刺殺

而死。但日後在劉邦稱帝以後，追封陳勝為「隱王」。司馬遷也把劉邦和項羽滅秦的功業，都歸功於陳勝的發難。

陳勝還為後世留下兩句名言。

其一，「燕雀安知鴻鵠之志」。燕雀都是需要築巢，甚至需要躲在屋簷下的小鳥，鴻鵠則都是體積比較大，飛得也比較高的大型鳥，這個句子表面上的意思是說，小小的燕雀怎麼可能知道鴻鵠遠大的抱負呢？比喻平凡的人哪裡會明白英雄豪傑的志向。

那還是當陳勝仍在做僱農的時候，一次，跟其他的長工一起耕種，休息時間，大家坐在田埂邊聊得一高興，陳勝說：「苟富貴，勿相忘。」意思就是說，如果有一天我發達了，我不會忘了老朋友的！大家一聽都大笑不已，有人還立刻就取笑道：「你跟我們一樣，都不過是一個幫人家種田的，有什麼好發達的，說什麼大話咧！」

這時，陳勝就嘆了一口氣，「唉，燕雀安知鴻鵠之志哉？」

其二，是「王侯將相寧有種乎？」，以大白話來說就是「那些王侯將相難道都是天生的嗎？」

在大澤鄉，當陳勝和吳廣決心造反之後，他們先把地方官殺死，把全部的民夫統統都集合起來，然後陳勝就對著大家發表了一篇十分激勵人心的宣言。陳勝說：「弟兄們，我們遇到大雨，已不可能如期趕到漁陽，按規定都會被處死，不可能被寬待，就算勉強暫時饒我們不死，也一定會叫我們去駐守邊防，而那些駐守邊防的人，十有八九也都是會死的。所以，依我看，反正橫豎都是一個死，不如跟他們拚了，死也要死出個名堂，那些王侯將相難道都是天生的嗎？」

當時，宗法制度已經執行了幾百年，社會普遍都已接受了「王侯將相、市井小民都是天生的」這樣的觀念，但陳勝卻能厲聲質問「王侯將相寧有種乎？」，足見儘管出身低微，可陳勝卻擁有超越他所屬時代相當進步的思想。

僅僅從這兩句話，就可以看出陳勝確實是一個不凡的人物啊。

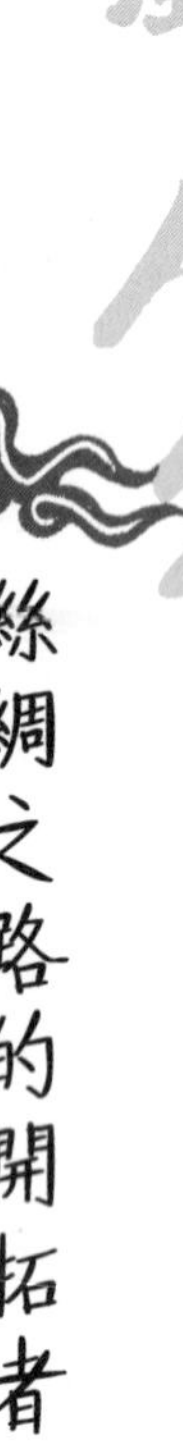

張騫

絲綢之路的開拓者

（約西元前159—前114年，西漢）

生活在距今兩千多年以前的張騫，被稱為是「第一個睜開眼睛看世界的中國人」，是偉大的探險家和外交家，是「絲綢之路」的開拓者。

張騫是漢中郡城固（今陝西省漢中市城固縣）人。他的出生年有爭議，早期經歷也不詳，只能確定當漢武帝劉徹（西元前156—前87年）即位時，張騫在朝廷擔任一種名為「郎」的侍從官。按史書記載，張騫「為人強力，寬大信人」，意思就是說他心胸開闊、堅毅不拔，並且能夠以信義待人，此外，還深富開拓和冒險精神。

建元二年（西元前139年），張騫大約二十歲的時候，奉漢武帝之令，由甘夫（也叫堂邑父，生卒年不詳）作為嚮導和翻譯，率領一百多人出使西域，想要打通漢朝通往西域的南北道路。這就是日後赫赫有名的絲綢之路。

甘夫是匈奴族人，他是在西元前166年，漢文帝（西元前203—前157年）在位期間，在一場戰役中被漢軍俘虜。根據《史記》記載，甘夫「善射」，而且身強體壯，武藝高強。後來事實證明，甘夫對於張騫能順利完成使命發揮了很大的效用。

至於漢武帝為什麼會興起要派使臣出使西域的念頭呢？這還得追溯至楚漢

戰爭時期。當時，匈奴冒頓單于（約西元前234—前174年）乘機擴張勢力，控制了中國東北部、北部和西部廣大地區，而漢朝建立以後也與匈奴發生過多次戰鬥，逐漸意識到西域的重要性，特別是在漢武帝即位以後，從匈奴的俘虜口中得知西遷的大月氏與匈奴是世仇，一直很想報仇，但始終苦於缺乏外力相助，漢武帝便決定要與西域建立關係，尤其是聯合大月氏來一起夾攻匈奴，「斷匈奴右臂」。

就是出於這樣的戰略目的，張騫等一百多人從長安出發，前往西域。沒想到當他們一行才剛剛穿過河西走廊就不幸碰上了匈奴的騎兵隊，全部都被抓獲。

匈奴單于為了軟化和拉攏張騫，對他進行了種種威逼利誘，可張騫始終都沒有動搖，因而在匈奴被扣留和軟禁了十年之久。

直到元光六年（西元前129年），眼看匈奴對他們的監管漸漸有些放鬆，一天，張騫趁匈奴人不備，火速帶領隨從出逃，往大宛的方向前進（今烏茲別克斯坦費爾干納盆地）。

這是一次極為艱苦的旅程。在大戈壁灘上，飛沙走石，熱浪滾滾，而到了高聳的蔥嶺，又是冰雪皚皚，寒風刺骨。由於是匆匆出逃，他們的物資本來就很貧乏，這一路沿途又都是人煙稀少，水源奇缺。在乾糧吃盡之後，就靠著善射的甘夫射殺一些飛禽來聊以充飢。一行人餐風露宿，備嘗艱辛，很多人都死在路途中。

千辛萬苦到了大宛之後，張騫向大宛國王說明了自己出使大月氏的任務，請求相助。其實大宛國王早就風聞東方漢朝的富庶，也早就想與漢朝往來，只是苦於匈奴在中間作梗，一直未能如願，如今突然來了一位漢朝的使者，大宛

國王真是大喜過望，一口就答應了張騫的要求，在一番熱情款待之後，派了嚮導和翻譯將張騫他們送到康居（今烏茲別克斯坦和塔吉克斯坦境內），然後康居王又派遣專人將他們送到大月氏。

經過好一番周折，用了超過十年以上的光陰，張騫等人終於抵達大月氏！

然而，這個時候的情勢已經大不相同。簡單來說就是大月氏人已經沒興趣要向匈奴報仇了。因為他們現在物產豐富，日子過得不錯，大家都不想打仗，再說他們認為漢朝距離大月氏太遠，如果要聯合攻擊匈奴，一旦遇到什麼險情，恐怕也很難相互支援。張騫在大月氏停留了一年多，始終無法說服大月氏王，無奈之餘只得在元朔元年（西元前128年）動身返國。

為了避開匈奴，張騫改走塔里木盆地南部、崑崙山北麓的「南道」，也就是計劃通過青海羌人的屬地回到漢朝。然而萬萬沒有料到此時的羌人也已經淪為匈奴的附庸，張騫等人遂又遭俘，並且又被扣留在匈奴一年多。直到元朔三年（西元前126年）年初，由於匈奴發生內亂，張騫等人才能乘機逃回長安。

當年出發時是一百多人，歷經十三年，回到長安已經只剩下張騫和甘夫兩個人。儘管表面上張騫沒能達成使命，漢武帝還是非常滿意，封張騫為太中大夫，授甘夫為奉使君。司馬遷也稱讚張騫出使西域最大的貢獻是「鑿空」，就是「開通大道」的意思。

確實，正是由於張騫出使西域，中國的影響才直達蔥嶺以西，從此不僅西域和內地的聯繫日益加強，中國和中亞、西亞以至南歐也都直接建立聯繫。

元狩四年（西元前119年），在張騫四十歲左右，漢武帝再次任張騫為中郎將，率著三百多名隨從第二次出使西域。此行大大宣揚了大漢王朝的國威，擴大了大漢王朝的影響力，也增加了漢朝與西域諸國的了解。

四年之後，張騫一行偕烏孫國使者一共數十人返抵長安。翌年（元鼎三年，西元前114年），張騫就病逝於長安，享年四十五歲左右。後歸葬漢中故里。

張騫兩次出使西域，不僅使漢朝從此可以經常與西域諸國互派使者，也積極促進了中西經濟文化的交流。天馬、汗血馬、葡萄、核桃、石榴、胡蘿蔔、苜蓿和地毯等等都是從西域傳入內地的。

蔡倫
發明造紙技術的人

（生年不詳—西元121年，東漢）

人類文明演進至今，能夠對本國歷史產生影響，尤其是正面影響的人物都是少數，如果能夠對整個世界產生重大影響，甚至可以說是造福全球的人，那更是鳳毛麟角了。而全球的世界史上都記載著：「西元105年，中國的蔡倫發明了紙。」生活在東漢時期的蔡倫，就是一個推進了整個人類文明進程、造福全人類的人物。

在美國學者麥可．H．哈特（Michael H. Hart，出生於西元1932年）《影響人類歷史進程的100名人排行榜》中，蔡倫排在第七位，遠在哥倫布（西元1451－1506年）、達爾文（西元1809－1882年）、愛因斯坦（西元1879－1955年）之前。美國《時代》周刊所公布，針對全球人才挑選的《有史以來最佳發明家》中，蔡倫當然也是榜上有名。他所發明的紙，實在是太了不起了。造紙術也因此和指南針、火藥、印刷術一起被稱為「中國的四大發明」。

在中國上古的商、周時期，一般是把文書刻在獸骨和龜殼上，這就是「甲骨文」，特別重要的紀錄則是刻在青銅器上，到了戰國時期，開始大量使用竹簡木牘，所以秦朝的宰相李斯還發展出「小篆」，在很大程度上是基於實用功能，因為這種字體扁扁的，寫在竹簡上比較節省空間，相對也就能寫比較多的內容。用竹簡來當成記載用品，雖然比起龜殼之類已經有所進步，但無論是書寫、攜帶或是收藏都還是非常不便。當然，也有些皇室或是達官貴人以及有錢的人家會用絹帛來書寫，可是，絹帛那麼昂貴，不可能大量書寫，更不可能大量傳播。在西方，早期「莎草紙」的質地非常脆弱，極易損壞，還不如竹簡方便，而如果是用羊皮來書寫，那可是比絹帛還要昂貴。

總之，由於缺乏一種既方便、普通人又都負擔得起的用品，人類的經驗智慧很難有效的傳播和傳承，等到紙這個好東西一問世，自然就大大加快了文明的進程。

不過，精確來講，其實應該是說蔡倫改進了造紙術，而在東漢和帝劉肇（西元79—105年）在位期間的元興元年（西元105年），向皇上呈上了紙。由於身為宦官的蔡倫曾經被封為「龍亭侯」，所以當時老百姓都把蔡倫發明的紙稱作「蔡侯紙」。

這不是蔡倫第一次向和帝獻上自己所研製的好東西了。之前有一次，和帝把玩寶劍，玩得正起勁兒，寶劍卻突然斷了，蔡倫便花了一番工夫研究關於工器方面的書籍，然後親自鑄劍，終於鍛造出品質更加精良的刀劍。

蔡倫是桂陽郡人（今湖南耒陽）。大約在漢明帝永平末年入宮，章和二年（西元88年）因有功於太后而升為中常侍，繼而以位尊九卿之身兼任尚方令。「尚方令」是一個什麼樣的官呢？簡單來說，就是負責主管製造宮廷用品的官員。不難想見，宮廷裡一定有最豐富的資源、最優秀的作坊（形同現在全國最高端的實驗室），對於喜歡動腦、喜歡研究工作的蔡倫，無疑是提供了相當良好的客觀條件。

據說蔡倫是因為看到和帝劉肇親政以後，天天都看繁重的竹簡幾乎都要累倒了（當年秦始皇可是每天都要看一百公斤的竹簡），於是就想能不能做出一種比較輕便的書寫用品，這樣皇上看公文就不會這麼辛苦啦。

根據考古資料顯示，在此之前其實已經有「紙」的存在，譬如西元1957年在今天陝西西安市灞橋一座西漢墓中發現的「灞橋紙」，但經過學者們的分析，認定這只是在漚麻等加工過程中所無意間產生的一種副產品，並不是刻意製造出來的，而且上面沒有字跡，表示也還不能用做書寫，但想必還是給了蔡倫一些靈感。其次，在蔡倫的家鄉，每當春天桑蠶成熟要開始抽絲的時候，總會有很多婦女坐在溪邊用溪水漂絮，稍後水面上就會留下一層薄薄的絲絨，小心撈起來，曬乾以後就會變成絮紙。絮紙的成本高，質量卻很差，但後人相信絮紙形成的過程一定也對蔡倫有所啟發。

總之，蔡倫總結了前人的經驗再加以改善，然後採用樹皮來作為原料造紙。這是蔡倫的一大創新，開創了近代木漿造紙的先河。

和帝見到這個新鮮的東西，非常高興，立刻下令推廣蔡倫造紙的方法，「自是天下莫不從用焉」，人人都用得起了。「蔡侯紙」澈底改變了大家的生活方式，也改變了文化傳播、社會發展的歷程，意義十分重大。

等到「蔡侯紙」在中國境內都廣為流傳了以後，自然也就慢慢流傳到了國外。在晉代就已經傳到朝鮮和越南，再從朝鮮傳到日本。唐朝時傳到了阿拉伯，之後又由阿拉伯陸續傳到亞洲西部和非洲北部。到了十二世紀中葉，造紙技術傳入歐洲，十七世紀末輾轉傳到美洲，直到十九世紀由歐洲再傳到澳洲。

這位造福了全球的發明家，後來的下場卻頗為悲慘。建光元年（西元121年），蔡倫成了宮廷權力鬥爭的犧牲品，自殺身亡。

天文學家 張衡

（西元78—139年，東漢）

張衡是中國歷史上一位非常少有的全才型的人物，是東漢時期著名的文學家、地理學家、數學家、發明家、科學家和天文學家。被後世尊崇為「南陽五聖」之一。

所謂「南陽五聖」，是指家鄉在南陽（位於今河南）、與南陽淵源極深的五位對於推動中華文化有重大貢獻的名人，分別是謀聖姜子牙（約西元前1156—約前1017年）、商聖范蠡（西元前536—前448年）、科聖張衡、醫聖張仲景（約西元150—219年）和智聖諸葛亮（西元181—234年）。

張衡是南陽西鄂（今河南安陽市一帶）人，家族世代都為當地的大姓。他的祖父張堪（生卒年不詳）是一位了不起的人物，在光武帝劉秀（西元前5年—57年）登基，開啟東漢時代以後，被任命為蜀郡太守，幹得有聲有色，為官又極為清廉，這樣的家風對於張衡勢必產生了深遠的影響。張衡一生雖然在很多方面都貢獻良多，可是從來就不會追逐名利。

張衡像祖父一樣從小就刻苦向學，少年時期就已經能寫出相當出色的文章。十六歲以後就離開家鄉到外地遊學。他先到了當時學術文化的中心三輔地區（今陝西省西安市一帶），一方面遊歷壯麗河山，一方面尋訪秦漢古都的遺址，為文學創作汲取了豐富的營養，然後又到了東漢的都城洛陽。在洛陽，張衡進過當時的最高學府太學。他興趣廣泛，自學《五經》，貫通了六藝的道理，而且還喜歡研究算學、天文、地理和機械製造等等。不過，在青年時期他的志趣大半還在文學上。後來他在文學上的成就最重要的就是與司馬相如（約西元前179—約前118年）、揚雄（西元前53—西元18年）、班固（西元32—92年）並稱為「漢賦四大家」，《二京賦》、《歸田賦》都是他的傳世之作。

由於才能出眾，張衡很早就有步入仕途的機會，但他都是能推就推，實在推不過才勉強赴任。在他一生當中，雖然也當過太守主簿、郎中、侍郎等職，可他從來就沒有把仕途視為自己奮鬥的目標，常常主動放棄升遷。唯一讓他喜歡的一個官職應該就是「太使令」了，因為這個官職與天文、曆算有關，能得到最好的設備以及研究條件。張衡在三十七歲那年開始擔任太史令，然後在這個職位上做了十四年之久，他的許多重大科學研究工作都是在這個階段完成的。

譬如，張衡經過多年實際的觀測和研究，寫出了世界天文學史上的不朽名著《靈憲》，打破了以往強調天圓地方的「蓋天論」，而提出天形渾圓包大地的「渾天說」，並指出「宇宙是無邊無際的，天體則是有限的，天體只是宇宙的一部分」、「宇宙在空間和時間上是無限的」等觀念，都是日後經過現代科學驗證的正確觀念。

張衡還解釋了之所以會形成日蝕和月蝕的道理，提出月蝕的週期是「凡百十三月而復始」的科學論斷，這是中國歷史上第一次能夠對天象進行預報，也是中國有關月蝕研究最早的紀錄，比西方足足提前了一千多年！

又如，根據張衡自己所提出來的「渾天說」，在他三十九歲那年製造了世界上第一架能夠比較準確測定天象的渾天儀。這是一個球形的儀器，用鐵軸貫穿球心，鐵軸的方向就是地球自轉的方向。張衡還用滴漏壺與渾天儀相連，巧妙地運用滴水的力量推動齒輪來帶動渾天儀，渾天儀一天一轉，這樣就可以把所有觀察到的天文現象按時按刻非常精確地記錄下來。這個發明當時在世界上也是獨一無二的。

在張衡五十五歲的時候，創造了世界上第一架測量地震的地動儀。這個儀器是用青銅製造，外表看起來像一個很大的酒器，能測定東、南、西、北、東南、東北、西南、西北等八個方向發生的地震。這個地動儀相當精確。五年以後（西元138年），距離洛陽千里之外的甘南發生地震，放在首都洛陽的地動儀果真就準確地測了出來。一千七百年以後，歐洲雖然發明了比張衡地動儀更為精密的儀器，但其中基本的科學原理卻是和地動儀一樣的。

張衡晚年因病入朝任尚書，於永和四年（西元139年）過世，享年六十一歲。

八百多年以後，宋徽宗大觀三年（西元1009年），張衡因為在算學方面的成就被北宋追封為西鄂伯。他在數學方面的代表著作是《算罔論》。

此外，由於張衡在天文學上的突出貢獻，聯合國天文組織特別將月球背面的一個環形山命名為「張衡環形山」，並且將太陽系中的1802號小行星命名為「張衡星」。對一位生活在距今將近兩千年以前的科學家送上這樣的殊榮，實在是非常特別啊。

醫聖 張仲景

（約西元150—約219年，東漢末年）

東漢南陽（今河南南陽市），由於是光武帝劉秀的故鄉，史稱「帝鄉」、「南都」，這裡自古山清水秀，據說是一個地靈人傑的好地方，難怪出了很多的人才。我們在上一篇提到過的「南陽五聖」，其中有一位就是被後世尊稱為「醫聖」的張仲景。

張仲景是南陽涅陽（今河南省鄧州市穰東鎮張寨村）人。他出生在一個沒落的官僚家庭，父親是一個讀書人，在朝廷做官，由於家庭提供的優秀條件，使張仲景從小就有機會接觸到許多典籍。他非常好學，博覽群書，但特別酷愛醫書，也特別喜歡看一些名醫的故事，譬如西漢史學家司馬遷《史記》裡頭的「扁鵲倉公列傳」，就令張仲景愛不釋手，一讀再讀。扁鵲（西元前407－前310年）是春秋戰國時代的名醫，年幼的張仲景對扁鵲崇拜不已，希望自己將來也能當一個醫生。

在他十歲左右，就拜同郡一位有名的醫生張伯祖（生卒年不詳）為師，開始學習醫術。當時的醫術就像一門手藝，也是要拜師學藝的。張伯祖性格沉穩，對醫術很肯下苦功研究，對病人則十分有耐心和愛心，每回替病人看病、開藥方，都十分盡心，因此找他診治的病人十有八九都會痊癒。張仲景跟著這麼好的師傅，有了一個很好的起點，而他的學習態度又極為認真，深受張伯祖的喜愛，恨不得能夠把畢生經驗統統都教給這個認真肯學的好學生。

然而，由於古代儒家傳統文化都鄙薄「方伎」（就是泛指有關醫藥的技術和知識），醫生這一行甚至被視為賤業（甚至在正史上後來連張仲景、張伯祖的生卒年都弄不清楚），所以父親本來是希望他放棄想要當醫生的念頭，能夠朝著好好做官的方向去努力，直到在張仲景少年時期發生了一件奇事，父親才改變了想法。據說父親帶他去見一位隱士，此人以專看別人的前途而聞名。這個奇人仔細端詳張仲景，又和他交談了一番，最後說：「孩子啊，你將來必成良醫，好好努力吧。」

父親這才不再反對兒子學醫的志向，決定順其自然。

還有一段軼事是說，有一位比張仲景年長的同鄉對他說：「君用思精而韻不高，後將為良醫。」意思是說張仲景善思好學，聰明穩重，但是沒有做官的氣質，只要專心學醫，將來一定能夠成為名醫。據說這番評價也使張仲景深受鼓勵，從此更加刻苦學習。

按史書記載，東漢末年桓帝（西元132—167年）時大疫三次，靈帝（西元157或156—189年）時大疫五次，到了獻帝（西元181—234年）建安年間疾病流行仍然十分猖獗，成千上萬的人就這樣悲慘的死去，以至於造成了「十室九空」的空前浩劫。不過若以病魔肆虐的規模來看，還是以靈帝在位期間那五次最為嚴重，當時南陽地區也沒能逃脫可怕病魔的魔掌。張仲景的家族本來有兩百多人，結果在建安初十年之間竟有三分之二的族人病死，而其中又有十分之七是死於傷寒。這促使張仲景痛下決心要對傷寒病特別鑽研，發誓一定要想辦法克服傷寒病。

就這樣，他不斷遊歷各地，除了四處拜訪名醫繼續學習，還一邊行醫、收集各種相關的藥方，並持續積累自己的經驗（以今天的概念來說就是不斷豐富臨床經驗），經過數十年的努力，終於寫成一部叫做《傷寒雜病論》的不朽之作。

張仲景在《傷寒雜病論》中所確立的「辯證論治」的原則，一千多年以來一直是中醫臨床的基本原則。所謂「辯證論治」，簡單來說就是以問診所得到的資訊作為基礎，辨清疾病的病因、性質和部位，再經過一連串的交叉分析，才能判斷為某種性質的病症。「論治」又稱「施治」，是根據辯證的結果來確定相應的治療方案。

此外，《傷寒雜病論》中也記載了大量有效的方劑，這都是張仲景花了大量的時間和精力蒐集而來，可以說是集秦漢以來醫藥理論之大成，對方劑學也

有重大的貢獻。總之，《傷寒雜病論》是中國第一部從理論到實踐的巨著，是中國歷史上繼《皇帝內經》之後另一部最有影響力的醫學書籍。

其實張仲景先後還寫了十卷《辨傷寒》、一卷《評疾藥方》、二卷《療婦人方》、一卷《五臟論》、一卷《口齒論》等等，簡直就是一個全科型的醫生！可惜這些著作多已失傳。

張仲景仁心仁術，經常義務替人診治。包括據說後來在建安年間他還是被朝廷指派為長沙太守時，由於在封建時代做官的人不能隨便進入民宅，於是張仲景就想了一個辦法來繼續做醫生。他宣布今後每月初一和十五會大開衙門，這兩天他將不問政事，專為老百姓看病，只要是有病痛的老百姓都可以進來，然後他就端坐在大堂之上細心為大家看診。

後世把坐在藥鋪裡給人看病的醫生通稱為「坐堂醫生」，就是來自張仲景

的典故，以此來紀念張仲景。

東漢末年動盪不安，本就無意做官的張仲景便辭官來到遙遠的嶺南隱居，專心研究醫學，撰寫醫書，直到與世長辭。過了四十幾年，在晉武帝司馬炎（西元236—290年）統一天下之後，張仲景的遺體才被後人運回故鄉安葬。

傑出的農業科學家

賈思勰

（生卒年不詳，北魏）

十九世紀英國著名生物學家達爾文曾經表示，他的進化論中一些思想是從「一部中國古代的百科全書」裡得到了啟發，後人從達爾文所引用的內容來看，確認這部百科全書無疑是指完成於六世紀的《齊民要術》。「齊民」就是平民，「要術」就是謀生的主要手段，因此這個書名的意思就是要提供廣大民眾從事農牧等生產活動各方面的技術。

中國自古就是以農立國，中國文化如果從上古時代華夏民族的共主黃帝（約西元前2717—約前2599年）開始算起，發展至北魏（西元386—534年）已經有超過三千年以上的歷史，各地老百姓其實都已經累積了不少頗具參考價值的經驗，但始終缺乏系統化的總結，而傳統的知識分子對於書寫這方面的書籍可以說是不屑一顧，然而曾經做過高陽（今山東臨淄）太守的賈思勰卻花了十年以上的時間寫成了一部綜合性的農書《齊民要術》（按後世學者推斷，賈思勰的寫作時間約在西元533—544年）。這部書不僅是我國現存最早和最完善的農學巨著，也是世界農學史上最早的名著之一，對後世的農業生產有著深遠的影響，賈思勰也因此被稱為中國古代非常傑出的農業科學家。

賈思勰寫作《齊民要術》有一定的時代背景和客觀條件的基礎。他所生活的北魏是南北朝時期第一個王朝，是鮮卑族拓跋珪建立的政權，在北魏之前，中國北方處於一種長期分裂割據的局面，這樣混亂的局面持續了一百多年，直到北魏政權逐步統一了北方，整個社會秩序才開始逐漸回復平靜，社會經濟也隨之從一片蕭條的景象慢慢恢復過來，尤其是在北魏孝文帝實施了一系列的改革以後，社會經濟確實得到明顯的進步。賈思勰認為農業科技水平的高低直接關係到國家是否富強，只要國家富強了，老百姓的日子過得好了，社會自然就穩定，於是他決心要撰寫一部既能夠總結分析前人經驗、又具有高度實用性和指導性的農書。

《齊民要術》全書一共九十二篇，分成十卷，正文部分大約七萬字，注釋部分四萬多字，總字數共十一萬多字，另還有「自序」和「雜說」各一篇。不過，很多學者都認為「雜說」這篇應該是後人加進去的。

賈思勰在自序中表示全書取材來源主要來自四個方面：一，繼承先民的成果，廣泛蒐集行之有年各種農業生產的經驗；二，蒐集民諺，尤其是大量的農諺，農諺是隨著農業生產的發展慢慢從民間歌謠中分化出來的，既是農民的經驗總結，往往也都經得起長期的實踐檢驗，不少農諺甚至到今天都還有很高的參考價值，並且能被科學家所解釋和認可，譬如「瑞雪兆豐年」（適時的冬雪預示著來年將會是豐收之年）；三，四處尋訪一些特別有經驗的老農，整理他們的寶貴經驗；四，對於自己所訪問、費心蒐集而來的各式各樣的經驗，盡可能都要通過親身實踐來加以驗證和提高。

對一個做過官的人來說，能做到第四點真是尤為難得。為了得到最正確、最有價值的農業資訊，賈思勰親自下田，住在一般農民的窩棚；為了掌握養羊的經驗，他買了兩百多頭羊親自來養，然後在「養羊篇」中告訴大家，在十隻羊裡頭有兩隻公羊是最好的，如果公羊太多，會造成羊群紛亂，公羊太少，母羊受孕又不好。關於養雞、養鴨、養鵝、養魚等等，賈思勰也都提出了最恰當的雌雄比例，提醒大家注意。

像這一類的例子在書中真是俯拾皆是。事實上，注重調查和實作，再分析總結寶貴的經驗正是《齊民要術》成功的關鍵。書中網羅了一句民諺，叫做「智如禹湯，不如常更」，「更」這個字有經歷之意，意思是說，即使擁有像夏禹、商湯那樣的智慧，也不如經常親自從實踐中去獲得知識要來得可靠。賈思勰正是這麼做的。

同時，雖然賈思勰是益都（今山東壽光縣）人，可是他的研究範圍不僅不限於自己的家鄉，也不限於今天的山東地區，而是還辛辛苦苦先後跋涉於今天的河南、河北和山西等地，可以說是系統性總結了自秦漢以來，黃河流域所有關於農業科學的技術知識，內容包羅萬象，涉及耕田、穀物、果樹、蔬菜、種樹、治荒、畜牧、配種、蠶桑、釀造、調味、調理、外國物產等等，是中國現存最早也最完整的大型農業百科全書，自出版以來一直備受歷朝的重視，然後漸漸流傳到海外。

此外，賈思勰也在書中一方面批評那些「四體不勤，五穀不分」、鄙視農耕思想的人，一方面也一再強調為政者應該要學習古聖先賢的教導，追求「要在安民，富而教之」，也就是要經常思考如何才能讓百姓生活安定，使百姓富足，然後得到教養。

祖沖之

精準圓周率的提出者

（西元429—500年，南北朝）

祖沖之的祖籍是范陽郡遒縣（今河北淶水縣）人。西晉末年，由於北方發生大規模的戰亂，他的先輩就從河北遷徙到江南。西元429年，祖沖之出生在建康（今南京）。

祖沖之不僅出身於書香門第，而且還是兼具科學氣息的讀書人家庭，這是比較少有的；他的祖父做過宋朝的大匠卿，這是負責管理土木工程的官吏，父親做過奉朝請，這是一種文官，經常要參加皇室各種典禮和宴會，所以祖沖之自小就受到文理兩方面很好的薰陶，爺爺經常給他講「斗轉星移」等自然天文現象，父親又經常帶著他閱讀經典書籍，再加上祖沖之天資聰穎，勤奮好學，使他對於文學、哲學、科學，特別是天文學都產生了濃厚的興趣，在青年時期就已經擁有眾口交譽的博學名聲。

祖沖之很能夠下苦功夫來做學問。書上說，祖沖之「少稽古，有機思」，「稽」，是「考」、「核」的意思，以科學方面來說，雖然祖沖之在年少時期就已經熟讀過去許多優秀科學家的作品，譬如距離祖沖之三百多年以前東漢科學家張衡的著作，但是祖沖之都能夠保持獨立思考，不會照單全收。而祖沖之曾經自述從很小的時候開始就「專功數術，搜爍古今」，表示把從上古時期一直到今天（他所生活的南北朝時代），各種文獻、記錄、資料，幾乎全部都搜羅過來研讀考察，同時主張絕不「虛推古人」，就是說絕不讓自己被古人的結論所束縛，仍然時時保持著一份敏感以及懷疑的態度，然後努力親自進行精密的測量和推算，加以驗證或是修正，這真是需要絕頂的耐心。

由於祖沖之博學多才的名聲，年紀輕輕便被南朝宋孝武帝派至當時朝廷的學術研究機關去做事，後來又到總明觀任職。

「總明觀」是當時全國最高的科研學術機構。祖沖之在這裡接觸了大量關於天文、曆法、術算方面的國家藏書，這對於他日後的研究工作有很大的幫助。

西元461年，祖沖之擔任南徐州（今江蘇鎮江）刺史府裡的從事，又先後任南徐州從事史、公府參軍，但公餘之暇仍然繼續堅持從事學術研究，並取得了很大的成就。翌年，三十三歲的祖沖之把自己精心編成的《大明曆》送給宋孝武帝。根據後世史家的考證，就是為了要編《大明曆》，祖沖之才會覺得需要算出精準的圓周率。

在還沒有算盤的當時，這可是一件非常困難的事（珠算盤起源於北宋，至少在祖沖之所生活年代的五百多年以後），南北朝時人們普遍使用的計算工具叫做「算籌」，是一根根幾寸長的方形或是扁形的小棍子，材質有竹、木、鐵、玉等等，經由對算籌不同的擺法來表示各種數目，這叫做「籌算法」。如果計算數字的位數愈多，所需要擺放的面積就愈大。而且用算籌來計算不像用筆，筆算的每一次結果都可以留在紙上，而籌算法每計算完一次就得重新擺放來進行新的計算。在計算的過程中，只要稍有差錯，比方說算籌被碰偏了或是在計算中發現有誤，就只好重新開始。

為了求得圓周率的精準數值，需要對九位有效數字的小數進行加、減、乘、除和開方運算等十多個步驟的計算，而每個步驟都要反復進行十幾次，開方運算至少達五十次，想像一下那個畫面，真是令人嘆為觀止！祖沖之形容自己「目盡毫釐，心窮籌策」，可見有多麼的辛苦！最後計算出來的數字達到小數點後面的十六、七位。祖沖之終於計算出圓周率應該是在3.1415926—3.1415927之間，這是當時全世界最精確的圓周率，比歐洲足足領先了一千多年！

祖沖之一生主要的貢獻是在數學、天文曆法和機械製造等三大方面。

西元464年，三十五歲的祖沖之被調到婁縣（今江蘇昆山東北）去做縣令，之後又到建康（今江蘇南京）擔任謁者僕射的官職。這段期間祖沖之把自己的聰明才智和精力主要投入在研究機械製造，譬如重造出以銅製機件傳動的指南車；在兩百多年前諸葛亮發明的一天能走幾十里的運輸工具「木牛流馬」的基礎上加以改良，發明了一天能走百餘里的「千里船」；還有利用水力來加工糧食的工具「水碓磨」等等，都大大造福了廣大的老百姓。

祖沖之的晚年正值南齊後期，政治黑暗，社會動盪不安，促使他比較著重文學和社會科學。在他六十五歲至六十九歲擔任長水校尉的時候，寫過一篇《安邊論》，建議政府開墾荒地，發展農業，來增強國力，安定民生，鞏固國防。雖然朝廷對《安邊論》很是欣賞，也很希望能夠施行，然而由於當時連年戰爭，南齊的政權已搖搖欲墜，祖沖之再好的政治主張也注定是無法實現。不久，西元500年，祖沖之也就過世了，享年七十一歲。而祖沖之在三十幾年前就完成的《大明曆》則是直到西元510年（梁武帝天監九年），也就是在他去世十年之後，才以《甲子元曆》之名頒行。

此外，祖沖之還曾經寫過五卷關於數學的傑作《綴術》，後來還流傳至朝鮮和日本，在朝鮮、日本的古代教育制度和書目等資料中都提到了這本相當難懂的《綴術》。

玄奘

偉大的佛學家和翻譯家

（西元600—664年，唐朝）

《西遊記》裡的唐三藏，昏庸、無能、是非不分，這個角色的原型——唐朝著名高僧、法相宗創始人，被尊稱為「三藏法師」的玄奘，卻是一個偉大的佛學家、翻譯家和旅行家，對於中國文化的發展做出了卓越的貢獻，對於中印文化交流也留下不可磨滅的功績。

玄奘俗名陳禕，是洛州緱氏（今河南洛陽偃師市）人。家世相當不錯，是東漢名臣陳寔（西元104—187年）的後代。父親陳惠（生卒年不詳）是一個受人敬重的讀書人，曾做過江陵的縣官。陳惠一共有四個兒子，玄奘是他的么兒。

玄奘從小就跟著父親學習儒家經典，再加上良好的家教，使他養成了高尚的品德。玄奘五歲喪母，十歲喪父。在父親去世以後，他的二哥在洛陽淨土寺出家，成了長捷法師。受二哥影響，玄奘小小年紀也隨之去淨土寺學習《法華經》、《維摩經》等等。隋大業八年（西元612年），十二歲的玄奘在淨土寺被住持破格剃度出家。為什麼說是「破格」呢？還不只是由於當時玄奘年紀小，而是因為當時對於出家有著非常嚴格的要求，只有那些被認定真正是天資聰穎、極具慧根的人才有這樣的機會進入佛門。

出家之後，玄奘就在淨土寺更加認真的學習佛學達六年之久，直到唐高祖武德元年（西元618年），由於戰亂，玄奘與長捷離開洛陽赴四川。玄奘的求知欲非常旺盛，在四川待了四、五年，跟隨很多法師學習過，學業大為精進，但他還是不斷的繼續遊歷各地，一方面講經說法，另一方面也積極參訪名師，後來還一路到達唐朝的首都長安。

儘管許多人都對玄奘讚譽有加，都認為他對佛理的理解遠比大多數的僧人都要來得深刻，然而玄奘卻愈來愈覺得不管自己多麼專心致志的研讀佛法，總感覺還是有很多解釋不清的地方。究其原因，他認為關鍵在於漢語的佛學典籍不夠，因此慢慢萌生了想要去西天取經，希望充實漢語佛學典籍的念頭。

貞觀元年（西元627年），玄奘向朝廷請求准許西行求法，但遭到了拒絕。當時大唐王朝新立，為了防範突厥人入侵，加強了對邊關的防禦，如果手頭沒

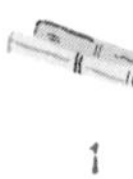

有有效文件而想要混出關口是相當困難的。可是這並沒能打消玄奘西行求法的念頭。兩年後的春天，二十九歲的玄奘混雜在流民之中混出了關口，就這樣從長安出發，沿著絲綢之路往印度出發了。

他就這樣獨行萬里，到達迦濕彌羅國（今克什米爾），在這裡學習梵文經典，然後又到達今天巴基斯坦境內。玄奘在一年之內親歷四國，所到之處都會停留下來認真學習佛法。在他三十一歲那年，他邊學邊行，開始進入中印度，經過十多個國家之後，終於來到印度著名的那爛陀寺。這是當時印度（應該說也是全世界）佛教的學術中心。

玄奘在那爛陀寺停留了五年，用心學習，也備受優遇。

貞觀十九年（西元645年）正月，四十五歲的玄奘帶著大批行李回到了長安。所謂「行李」，當然就是遠從印度帶回來的佛學典籍，一共有六百五十七部，是用了二十匹馬駝運回來的。

去國十幾年，當初猶如是偷渡出境的玄奘，如今卻是載譽歸國，連唐太宗（西元599—649年）都要親自接見他。一見之下，唐太宗對玄奘非常欣賞。此時唐太宗正積極經略西域，為了打擊突厥在西域的霸權，已先後發動過幾次戰爭，像玄奘這樣花了這麼久的時間精通西域、中亞各國地理，以及政治文化、風土民情的人，無疑是一個極為難得的顧問，於是唐太宗要求玄奘還俗做官，擔當起經略西域的重任。玄奘自然是婉拒了，因為在他心中還有更重要的工作，就是要把帶回來這麼多的佛學典籍全部翻譯出來，畢竟這才是他西行求法的初衷啊！

在玄奘堅持不願還俗的情況之下，朝廷在長安的弘福寺設置了一個規模宏大的譯場，由玄奘主持。後來在唐太宗過世之後，繼位的唐高宗李治（西

元628—683年）也要求過玄奘還俗來為朝廷效力，可玄奘還是完全無意做官，一心一意只願意翻譯佛經。根據史料記載，在回國之後，玄奘在翻譯佛經這方面的工作努力了近二十年，在辭世之前，先後譯出佛經七十五部，一千三百三十五卷，這是中國佛教翻譯史上一個「前無古人，後無來者」的驚人記錄。

而十二卷《大唐西域記》，則是由他口授、弟子執筆，記述他西遊途經的一百一十個國家以及傳聞的二十八個國家所有的山川地理、風土民情等等，對於大唐人民了解西域有很大的幫助。

玄奘也把中國經典讀物《老子》翻譯成梵文，使老子的思想得以遠播，這麼一來玄奘在無形之中，又成了一個偉大的中印文化交流的使者。

畢昇

活字印刷術的發明者

（約西元971—約1051年，北宋）

北宋政治家、科學家沈括（西元1031—1095年）一生致志於科學研究，代表作《夢溪筆談》，內容豐富，集前代科學成就之大成，在世界文化史上有著重要的地位。書中有一篇文章叫做「活板」，詳細介紹了活板印刷術的整個過程，沈括將此了不起的發明歸功於一位名叫畢昇的人。

在正史上對於畢昇的記載就只有沈括在《夢溪筆談》中那區區四個字：「布衣畢昇」，「布衣」就是普通老百姓，關於畢昇的生卒年以及生平則統統隻字未提。後來有學者考據出畢昇應該是湖北人，而且這位偉大的平民發明家應該是一位從事雕版印刷的工匠，因為只有熟悉或精通雕版技術的人，才最有可能成為活字版的發明者。這似乎是一個非常合理的推測。

學者推斷畢昇應該是在宋仁宗慶曆年間，大約西元1041—1048年間發明了活字印刷術，比德國人古騰堡（西元1398—1468年）發明的金屬活字印刷術要早了四百多年。

在此之前，中國的文化傳播方式主要是摹印、拓印和雕版印刷三種。而雕版印刷真是既笨重費力又耗料耗時，印一頁書要雕一塊版，每一塊版雕好之後如果發現有錯字也不能更改，這麼一來，若為了追求品質就必須把整塊版都毀掉，重頭再來，否則就只能眼睜睜的看著錯字印出去。這樣一頁一頁、一塊一塊的雕，如果要印一部大部頭的書真不知道要雕多少塊版，往往需要花費好幾年的時間，再說就連要騰出足夠存放這麼多雕版的地方經常也都會是很大的問題。總之，原有雕版印刷的缺點顯而易見，實在是太死板了，幸好畢昇發明了活字印刷術，這是印刷史上一次非常偉大、且深具革命性的進步，為中國文化經濟的發展做出了卓越的貢獻，成為中國古代四大發明之一。

沈括在《夢溪筆談》「活板」這篇文章裡，記錄了畢昇活字印刷術的步驟。

首先，用膠泥做成一個個四方形的長柱體，並在上面刻上單字，然後拿到火上燒硬，這就成了一個個的「活字」。在製作活字這個階段雖然要花很多時間，可是等到活字製作完成，接下去的印刷過程就會簡單得多。

其次，要印書的時候，工匠們只要用一塊塊和書頁一樣大小的鐵板，每一塊鐵板的四周都圍著一個鐵框，然後在鐵板上面塗上松香或是蠟之類的物質，就可以開始在鐵框之內的鐵板之上慢慢排上活字，排得密密麻麻。

一塊版排好之後，再把這塊鐵板放到火上去烤，這樣過了一段時間，等裡面的松香和蠟慢慢熔化以後，再用一塊平板從排好的活字上面壓過，使這些活字能夠看起來很平整。最後，等到松香等藥劑都冷卻了，活字就會固定在鐵板上，到這個時候一塊活字版就算是正式排好了，只要在版上塗上墨，再將之覆蓋在乾淨的紙面上就可以印刷了。

等到印刷完畢，只要將這些活字版再一一放回火上去烤，直到裡面的藥劑都融化了以後，這些活字就可以從版面上脫落下來，這樣下一次就又可以再度使用了。如此靈活，可以多次反覆使用，稱為「活字」，真是一點也不為過。

由於事先準備了充足的活字，可以隨時拼版，活字印刷術大大加快了製版的時間，而活字版在印刷完畢以後，又可以隨時拆版，日後還可以重複使用，更何況保存這些活字也不需要那麼大的空間。這種方法的原理雖然很簡單，但是與現代鉛字排版的印刷原理是一致的。

由於畢昇只是一個平民，這自然影響了他這項偉大發明在國內推廣的速度，然而由於與過去的雕版印刷

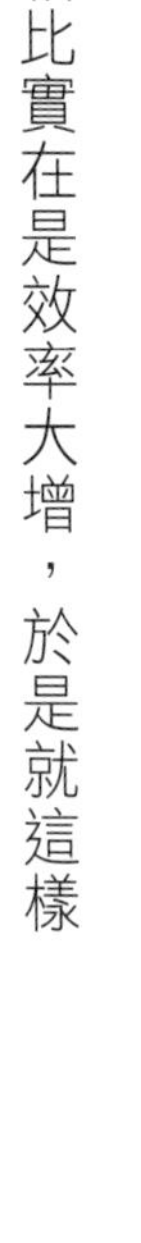

相比實在是效率大增，於是就這樣靠著口碑在民間慢慢傳開，後來還傳到了國外。最先是傳到朝鮮，稱為「陶活字」。大約到了十五世紀，活字版傳到了歐洲，對於促進世界文明的進步也發揮了極大的影響。

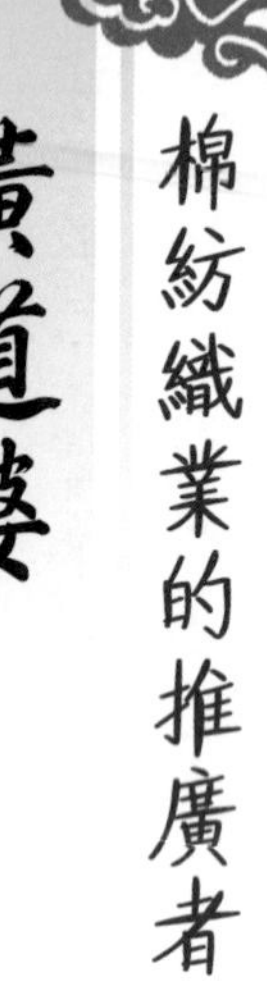

棉紡織業的推廣者

黃道婆

（西元1245—約1330年，宋末元初）

長久以來，中國江南流傳著一首民謠：

黃婆婆，

黃婆婆，

教我紗，

教我布，

兩只筒子兩匹布……

「黃婆婆」指的是黃道婆。由於古代婦女社會地位特別卑下，她又屬於勞動階層，以至於在正史中名不見經傳，連生卒年都是後世學者好不容易才考據出來的，而且還不是非常確切，但就是這麼一位看似極其平凡的普通女性，對於中國棉紡織工業的進步具有無與倫比的貢獻。

黃道婆是宋元間松江府烏泥涇鎮（今上海龍華鄉東灣村）人。她出生於農家，由於家境貧寒，十一歲左右就被送給人家當童養媳。到了婆家，儘管她做事認真刻苦，可還是受盡虐待，於是在她十七歲左右一天晚上，她決定逃走，便潛逃至黃浦江邊，偷偷溜進一艘大海船上躲了起來，就這樣誤打誤撞來到了海南島的崖州（今海南省省會海口市）。

黃道婆的命運就此改觀。

海南島遠離中原，再加上與內陸隔海相望的地理位置，使得當時海南黎族人民仍然保有男耕女織、共耕分收等傳統，尤其是「黎錦」，更是令年輕的黃道婆大開眼界，大為欣賞。所謂「黎錦」，黎族人俗稱「龍被」，因為工藝水平很高，向來都被當成貢物。這是黎族人民創造的一種優質提花棉絲織物，不僅織工精細，色彩鮮豔，錦面圖案也非常豐富。黃道婆立即興致勃勃的跟隨著黎族婦女開始學習製作黎錦。

黃道婆在海南島一待就是三十多年。在這一段頗為漫長的歲月裡，她掌握了從植棉到紡、織、染等各種工藝，並且還成了個中高手。黃道婆被後世尊稱為中國古代紡織技術科學家，可以說就是在海南島這三十多年之中所打下的扎實基礎。

中年以後，或許是基於中國傳統觀念中落葉歸根的思想，黃道婆愈來愈想念家鄉，愈來愈希望能夠重回故土。終於，她告別了多年來朝夕相處的黎族婦女，登上了返埠的海船。

她從新興的中州（今嘉定縣）繁華的碼頭上岸，再一路跋涉回到了家鄉烏泥涇鎮。返鄉之後，黃道婆就將自己這麼多年以來在海南島學到的所有關於紡織的技藝，毫無保留全部都教給了家鄉的婦女。所以從這個角度來看，其實黃道婆還在無意之中成為漢、黎兩族文化藝術交流的使者。

當黃道婆剛剛回到故里的時候，當地的植棉史還不長，棉花的初期加工技術還相當落後，按書上記載，黃道婆「率用手剝去籽，線弦竹弧，置案間振掉成劑，厥功甚艱」，同時，黃道婆還運用自己的巧思改進了一系列關於棉紡織的生產工具，包括「捍」、「彈」、「紡」等等，後世學者認為這是黃道婆最了不起的貢獻。

所謂「捍」，就是攪車，也叫作軋車、踏車，黃道婆研製出一種新型的軋花工具，利用兩個反向迴轉的轉軸，相互輾軋，來清除棉籽，既省力，效率又高，軋得又乾淨。

所謂「彈」，是指彈鬆棉花的工藝。黃道婆以檀椎擊弦的大彈弓（長四尺多），來取代以往以手指撥動線弦的小竹弓（長僅一尺半），弦則以繩來代替線，這樣來彈棉的效率真是比過去要大得多了，而且由於是將彈弓掛在肩背上，工作起來既省力又靈活。如此方便高效的彈棉工具很快就在國內傳開，甚至還傳到了日本。

再說「紡」，就是紡棉紗。黃道婆將以往單錠手搖式紡車改為三錠腳踏紡車。根據後世學者考證，這可是當時世界上最先進的紡棉工具，比西歐發明的紡紗機要早了四百多年。

據說黃道婆也改進了織布機，不過由於史料不足，尚難確認。

黃道婆把自己從黎錦中學到的技藝，與江南地區早已盛行的絲綢織品的技藝非常巧妙的結合起來，又創製了相當先進的提花機，織成了被、褥、帶、巾等等，上面有各式各樣精巧美麗的圖案，令人讚嘆不已。「烏泥涇被」就這樣名聞全國，遠銷各地，還特別受到皇宮中嬪妃和宮女們的喜愛。從此黃道婆的家鄉，原本一個根本不起眼的小地方，開始奉命特別為朝廷織造皇家御用的衣

袍，整個松江府也因此成為中國棉紡織業的中心，以「衣被天下」著稱於世。

黃道婆似乎頗為高壽，當她去世的時候，鄰里鄉親都十分悲痛，一起為她舉行了葬禮，還蓋了紀念她的祠堂，由衷感念她為家鄉所做出的貢獻。其實，黃道婆的貢獻早已不僅僅只局限於她的家鄉，甚至不局限於國內。中國棉紡織在世界紡織工業中位居前列，這其中就有著黃道婆不可磨滅的功勞。

鄭和

偉大的航海家

（約西元1371—1433年，明朝）

鄭和是中國有史以來最偉大的航海家，同時也是相當傑出的外交家，他率領寶船七下西洋，不僅大大宣揚了明朝的國威，增加了中國與南洋各地的聯繫，也傳播了中華文明，影響十分深遠。

從明成祖永樂三年（西元1405年）六月鄭和第一次率眾下西洋開始，這樣的壯舉前後共達七次之多，歷時二十八年，行蹤遍及亞非三十幾個國家及地區，使中國與這些國家都建立了和平友好的關係，無論時間之早，規模之大（每一次經常都是動輒率領寶船幾十艘、人員兩萬多名），都是後來義大利著名航海家哥倫布（西元1451—1506年）和葡萄牙著名航海家麥哲倫（西元1480—1521年）所不及的。

鄭和可以說將大半生都奉獻給了航海事業。第一次下西洋時，他三十四歲左右，年輕力壯，而在明宣宗宣德五年（西元1431年）元月，鄭和第七次下西洋，在出發時他已經是一個年過六旬的老人。兩年多後船隊回到南京，鄭和卻沒能回來；他已在返航途中過世。

鄭和是回族人，原姓馬，雲南昆陽洲（今昆明市晉寧縣）寶山鄉和代村人。據說他的父親曾經漂洋過海到過阿拉伯伊斯蘭教的聖地麥加，頗富探險精神，看來鄭和的探險家氣質應該多半是遺傳自父親。

明太祖朱元璋統一雲南的時候，鄭和被明軍所俘虜，然後被閹入宮，成了一名宦官。因為他小字三保，所以世稱三保太監，又稱三寶太監。後來因為他侍奉燕王朱棣（西元1360—1424年），在「靖難之役」中立了軍功，被賜姓鄭。

「靖難之役」又稱「靖難之變」，是在明太祖朱元璋過世不久爆發的統治階層爭奪帝位的戰爭，歷時四年（西元1399—1402年），最終由燕王獲勝，同年即位，是為明成祖。原本在位、結果被叔叔燕王搶了皇帝寶座的建文帝朱允炆（西元1377年—卒年不詳）由於在戰亂中下落不明，關於他的結局就始終是眾說紛紜，有的說他在宮中自焚而死，有的說他是從地道逃走，後來就一直隱藏於雲、貴一帶，出家為僧，還有盛傳建文帝其實是遠走海外避難……據說就是為了尋訪建文帝的蹤跡，再加上當時東南沿海殘存的反明勢力仍然很活躍，以及明成祖很希望自己所統治的王朝能夠像盛唐那樣威名遠播，中國的造船和航海術在明朝初年又都已經相當發達等諸多因素的多重考慮之下，最終促成鄭和下西洋的壯舉。

鄭和之所以能成為下西洋的統帥自然也是有原因的。首先，他具備軍事才能（這在「靖難之役」中已有所展現），深獲明成祖的信任，又正當壯年，身材魁梧，此外，當明成祖與官員們討論下西洋統帥的人選，詢問大家鄭和是否合適的時候，群臣鑒於鄭和兼涉佛教和伊斯蘭教的宗教信仰，都認為這將有助於完成下西洋的使命，因此都很支持明成祖屬意鄭和的看法。

按書上記載，鄭和屬於大智大勇的人物，擁有出色的指揮才能和過人的聰明智慧。在七次下西洋的過程中，除了在面對來自大自然諸如海上風暴等種種挑戰時，鄭和都能指揮若定，帶領船隊盡可能度過重重難關之外，他還有很多令人激賞的英勇表現。譬如，先後指揮消滅了猖獗一時的海盜陳祖義，保證了海上交通的暢通；粉碎錫蘭王亞烈苦奈兒妄圖搶劫寶船的陰謀；生擒蘇門答臘偽王子蘇幹刺，無異是協助蘇門答臘擺平了國內爭端等幾次戰爭……鄭和的警覺性很強，戰術又都運用得非常靈活，確實是一個不同凡響的人物。

鄭和下西洋的成就在世界史上也占有一席之地。比方說，鄭和開闢了亞非的洲際航線，為西方人的大航海奠定了基礎。日後當葡萄牙的航海家達·伽馬（約西元1469—1524年）沿著非洲西海岸繞過好望角，抵達東非海岸時，當地人就告訴他們在幾十年前中國人曾經來過這裡好幾次。當地人口中的「中國人」指的自然就是鄭和統率的船隊。後來，達·伽馬等人就在阿拉伯領航員的幫助之下，沿著鄭和船隊所開闢的航線順利到達了印度。

又如，經由前後七次下西洋，鄭和對西太平洋和印度洋都進行了一些海洋考察，搜集和掌握了許多海洋科學方面寶貴的數據。其中《鄭和航海圖》就是搜羅了大量海洋調查之後所繪製的。鄭和的海洋考察活動比起西方所進行的同性質的科學活動至少要早了四百多年。

此外，鄭和根據每一次下西洋所獲得的資訊，不斷擴大了中國與東南亞、南亞、西亞乃至非洲東岸國家的經濟文化交流，形同鋪設了一條中國通往西方的海上絲綢之路，實在是令人讚嘆。

李時珍

曠世藥物學家

（西元1518—1593年，明朝）

李時珍出身於醫學世家，祖父和父親都是醫術高明的民間醫生，在這樣的家庭環境薰陶之下，李時珍從小就對醫學產生了濃厚的興趣。他在十四歲那年考中過秀才，後來又遵父命去考過三次舉人但都不中，於是就決定放棄科舉之路，從二十四歲這年開始跟隨父親學習醫術。由於他非常刻苦認真，漸漸就成了名醫。

在行醫的過程中，他曾見過幾次同行依據藥典處方，可病人服用之後卻病情加重，甚至導致死亡的不幸案例，讓他聯想到古代的藥物學雖然堪稱發達，但畢竟已有一段時間停滯不前，很多「本草」（就是古代藥物學著作）都存在著分類不當、解釋混亂、讓人無所適從的嚴重問題，因此李時珍就發下宏願，決心要編寫一部正確、實用的藥物學全書——《本草綱目》。

為了要寫這麼一部意義重大的書，李時珍首先埋首書堆達十年之久，不僅研讀《內經》、《傷寒論》和各家《本草經》等前人的醫學書籍，其他只要是任何一點點有關聯的古書也都會積極找來研究，細心比較，摘抄下具參考價值的部分，然後又費了很大的功夫為自己即將要編寫的《本草綱目》確定了體例和名目。等到這些準備工作都細緻的完成之後，李時珍才抱著一種非常嚴謹的態度開始動筆了。

在他準備期間，本有機會到官方的太醫院工作，在一般人看來這當然是一件好事，但是由於朝廷不支持他撰修《本草綱目》這個工作，所以沒過多久李時珍就還是辭職回家了。

《本草綱目》的寫作一開始還算進行得相當順利，但是過了一段時間，李時珍就感覺到必須還是要加強對於實物的觀察和研究，才能與書本上的知識兩相結合，做進一步的驗證或提升。他決定要走出書齋，走遍大江南北，對全國各地的藥用植物、動物、礦物都要盡力做廣泛的實際考察，並且在民間四處尋訪，希望竭盡全力採集更豐富的藥材，以及補充新的藥方。

這自然是無比辛苦的考察活動，李時珍帶著兒子和徒弟出發了。他們一路遠離城市盡量往鄉村走，愈偏僻的地方愈好，因為李時珍認為在野外才會有比較大的機會找到比較多的藥材。每到一個小鎮，或是只要是在野外看到有什麼人家，他們一定會盡量跟當地的老百姓打交道，特別是跟農民、漁民、樵夫、果農、獵人等等虛心請教，從這些基層民眾身上收集他們的經驗，之後再加以求證和實驗，如果聽到有什麼過去書上所沒有提到過的藥材，就根據當地人的指點努力去採集，然後補充進自己的資料裡。

為了編寫《本草綱目》，李時珍整整投入了二十七年的心力，參看了八百多種書籍，走過幾萬里路，先後到過湖廣、江西、江蘇、安徽等省，以及武當山、茅山、牛首山、龍峰山等藥材豐富的山區，請教過上萬名民眾，記下的筆記多達幾百萬字。在初稿完成之後，又經過三次的修改……這是需要多麼強大堅毅的意志才可能辦得到！直到西元1578年，在李時珍六十歲這年，日後舉世聞名的《本草綱目》終於完成了！

《本草綱目》五十二卷，一共一百九十多萬字。全書分做十六部，六十二類，收載藥物一共一千八百九十三種，其中還有三百七十四種是李時珍發現的新藥材，載入藥方一萬一千零九十六個，並附有動植物插圖一千一百一十幅。《本草綱目》內容之豐富，規模之宏大，設計範圍之廣博，是古代任何一部藥學書籍所望塵莫及的。儘管由於時代的限制，以今天來看書中不免仍有一些迷信和錯誤的內容，但整體而言仍然是瑕不掩瑜。特別是書中對於所收載的藥物，都以其自然屬性重新做了分類，這種把藥物的生態、形態、特性和藥物應用相結合的分類方法，在世界上屬於首創。兩百多年以後，當英國生物進化論的創始人達爾文（西元1809—1882年），看到《本草綱目》如此清晰完整又具科學精神的分類方法，也都非常讚嘆。

十七世紀初，《本草綱目》流傳到日本，之後又傳入朝鮮以及歐洲各國，

陸續被翻譯成法、德、英、俄等多種文字，對世界藥物學和植物學的發展也都產生了促進作用。一直到今天，《本草綱目》仍被稱為「東方醫藥巨典」，還是具有相當的參考作用。

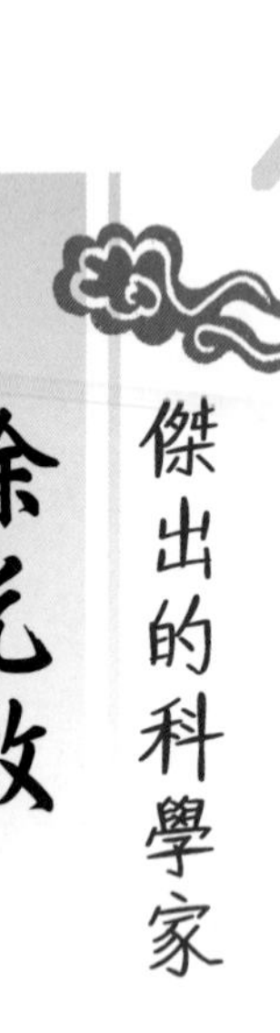

傑出的科學家 徐光啟

（西元1562—1633年，明末）

民國初年的史學家梁啟超（西元1873—1929年）認為，在中國歷史上有兩次最重要的中西文化的接觸，一次是晉、唐時期佛學的傳入，另一次便是明朝末年曆算學的東來，而後者的意義更大。梁啟超還說，在他看來，清代學者如顧炎武（西元1613—1682年）等人喜歡談經世致用之學，應該是受到利瑪竇

（西元1552—1610年）、徐光啟等不小的影響。尤其是徐光啟，堪稱是中國歷史上「吸收西學的先驅」以及「近代科技先驅」。

利瑪竇是一位義大利的天主教耶穌會傳教士暨學者，在明朝萬曆年間來到中國傳教。他是天主教在中國傳教最早的開拓者之一，也是第一位閱讀中國文學並且研究中國典籍的西方學者。來到中國以後，他廣交中國官員和社會名流，以傳播西方天文、數學、地理等科學知識的方式來間接傳播天主教教義。利瑪竇和徐光啟之間的友誼，為中西文化的交流做出了卓越的貢獻。在十七世紀初發生南京教案時（簡單來說就是有大臣站在儒家立場，提出一系列主觀的理由，完全否定了天主教），徐光啟也挺身而出為利瑪竇等傳教士辯護。

徐光啟出生於上海一個貧苦的農家，從小聰穎好學，少有大志，曾說：「論為人，當立身行道……治國治民，崇正避邪，勿枉人一世。」簡單來說，就是希望自己將來能做一些有利於國家社稷的好事，造福百姓，如此才不會白白過了一輩子。

審視徐光啟的一生，他確實是做到了。

十九歲與吳氏成親以後，為了維持生計，徐光啟做了十幾年的教書先生。教書之餘，他博覽群書，特別留心農田水利，對於農學的研究一直沒有停止過。徐光啟關於農學的諸多心得，在他中年以後因緣際會的逐漸開花結果。

徐光啟在三十五歲那年中順天府鄉試第一，三年後在南京結識了利瑪竇，又過了三年，徐光啟入天主教會，翌年到北京參加會試，中了進士，入翰林院。在京期間，徐光啟開始向利瑪竇學習西方科學知識，希望日後能夠對老百姓有所幫助。

縱觀徐光啟的主要成就是在自然科學。

首先，是在數學方面的成就。當徐光啟意識到數學是一切科學的基礎，並且得知古代希臘數學家歐基米德（西元前287—前212年）有一本拉丁文著作，影響歐洲非常深遠，便計劃將這本書翻譯出來。最初利瑪竇說這是一本西洋古書，想要翻譯成中文的難度恐怕很大，但徐光啟表示：「吾避難，難自長大；吾迎難，難自消散，必成之。」一向利瑪竇堅定表達了非要把這本書翻譯出來的決心。

於是，就在利瑪竇的協助之下，徐光啟至少花了一年的時間終於將這本書翻譯了出來，這本書就是《幾何原本》，於西元1606年出版。書中所有點、線、面、直角、幾何、平行線等名詞，都是徐光啟在聆聽利瑪竇的講解之後，自己揣摩然後創立出來的，真是出奇的貼切，一直沿用至今。《幾何原本》為中國近代數學打下了非常重要的基礎。除了翻譯《幾何原本》，徐光啟也自己撰寫了《九章算法》、《讀書算》、《定法平方算數》等等，使中國傳統數學也得到了振興和發展。

徐光啟的第二大成就是在農學。他在四十五歲那年回鄉為父親守喪，在家鄉一待就是三年，在這段期間他開始撰寫《農政全書》，後來持續花了至少二十年的工夫，這部後來被譽為中國古典農業科學史上最完備的農學巨著才大功告成。

徐光啟一生奮鬥的目標就是富國強兵。他推崇農本思想，認為農業是國家富強之本。《農政全書》多達六十卷、分為十二個類目，包括如何將簡單易種的高產作物甘薯加以普及，這樣一旦發生重大自然災害的時候，甘薯就能發揮很大的救災作用；如何南稻北移，從而改變了全國糧食生產分布不合理的現象；如何進行科學合理，即使是在今天看來都仍然是正確無誤的治蝗方案等

等，內容非常豐富。

完成《農政全書》的隔年（西元1629年），已經六十七歲的徐光啟開始主持修訂曆法，編制《崇禎曆書》。這是徐光啟第三大成就，也就是在天文曆算方面的巨大貢獻。既總結了中國古曆的成果，又吸收了西曆的優點，

為中國以後三百多年的曆法工作打下了堅實的基礎。就連我們今天所使用的農曆，都是以徐光啟在將近四百年前編制的《崇禎曆書》的基礎之上再修訂而成的。

徐光啟所繪製的《恆星曆指》更是當時全世界最完備的恆星圖。而在實際天文觀測中，徐光啟是中國天文歷史上第一次使用了天文望遠鏡來觀察天體，比義大利天文及物理學家伽利略（西元1564—1642年）只晚了二十年左右！

西元1633年，徐光啟病逝於北京，享年七十一歲。他是中國古典科學和近代科學之間承先啟後的偉大科學家。正如他年少時所立下的志願一樣，他一生救國救民，沒有白活。

康有為

維新運動的發起者

（西元1858—1927年，清末—民國）

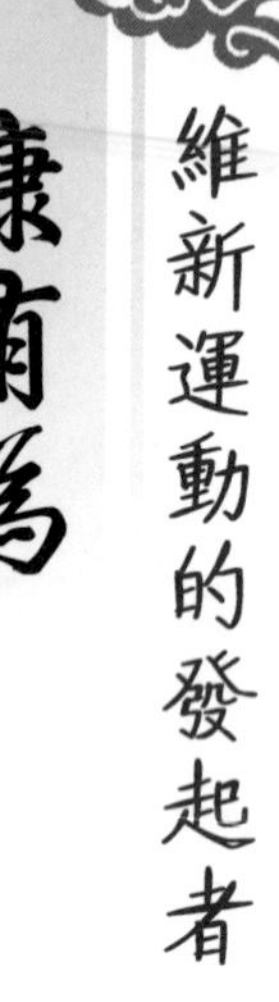

康有為是清末維新運動的發起者。就憑這一點，歷史也足以為他記上一筆。

他是廣東南海人，出身於官僚地主家庭，家裡經濟條件優渥，自小就接受良好的傳統教育。不過，傳統忠孝節義的思想並沒有束縛住他的思想，當年紀輕輕的康有為看到清廷發往各地官署的《邸報》，從中看到許多消息，不僅憤慨於清廷的腐敗無能，也看到曾國藩（西元1811—1872年）、左宗棠（西元1812—1885年）等人從事洋務運動所帶來的一線希望，至此「唯有辦洋務才能富國強兵」的概念就已深植於康有為的腦海。

光緒四年（西元1879年），二十一歲的康有為到香港做短暫遊歷，開始閱讀西學書籍，三年後回到上海，更是廣泛搜羅關於西學圖書，深感西方的強大確實是有道理的，從此他幾乎就拋開了中國傳統中很多普遍的觀念而大講西學，並且產生想要仿照西方進行變法維新來圖強的想法。

當時的中國現狀又一次次令康有為更加堅定自己的信念，包括中法戰爭（西元1883—1885年）由於清廷的腐敗無能，竟然導致法軍「不勝而勝」、雙方簽訂了《中法新約》這樣荒謬的結果；與此同時，列強也紛紛步步緊逼，而清廷卻只是一味的妥協退讓……這些益發惡劣的局勢不僅令人憤怒，更令人憂心忡忡，眼看國家已經到了生死存亡的關頭，康有為決心要站出來為變法圖強大聲疾呼。

光緒十四年（西元1888年），三十歲的康有為到北京應順天鄉試時第一次上書皇帝，全文五、六千字，強烈提出「變成法，通下情，慎左右」的主張，邁出了呼籲變法的第一步。然而由於人微言輕，這封奏摺根本不可能到達光緒皇帝之手。

為了宣揚自己的主張，培養更多的變法維新之士，三年後，康有為在家鄉廣州創辦了萬木草堂，開始聚眾講學。日後同樣成為變法維新運動核心分子的梁啟超（西元1873—1929年），就是在這樣的情況之下成為康有為的學生。後來，康有為又幾次上書，並且積極發表著作、創辦刊物、組織民間團體，以多

種方式積極傳播維新思想，在社會上引起的共鳴和迴響愈來愈大。

這樣又過了四年多，面對列強企圖瓜分中國的野心，情勢更加惡化，特別是在光緒二十年（西元1894年）爆發了甲午戰爭，翌年簽訂的《馬關條約》，已使中國幾乎形同半殖民地化，帶來了空前嚴重的民族危機，康有為聯合了在北京參加會試的一千三百餘名舉人聯名上書光緒皇帝，提出「拒和、遷都、變法」等救亡圖存的主張。雖然這份上書照樣還是被壓了下來，到不了光緒皇帝的手上，但上書內容已經在北京被廣為傳抄，變法聲勢相當高漲。

會試考中以後，康有為成了進士，被授職工部主事，他又連續兩次上書光緒皇帝請求變法。光緒皇帝終於看到了康有為的奏摺，本想立刻就召見康有為，但是被恭親王奕訢（西元1833—1898年）阻止，光緒只好指派他的老師翁同龢（西元1830—1904年）、李鴻章（西元1823—1901年）等大臣接見康有為。在這之後不久，康有為第六次上書光緒，認為「變則能全，不變則亡，全變則強，小變仍亡」，繼續強調變法的急迫性，並提出一系列具體的措施。此外，康有為還推動成立了保國會，為變法主張製造聲勢。

其實自幼年登基、即使在十八歲親政以後也仍然只是慈禧太后（西元1835—1908年）傀儡的光緒皇帝，何嘗不想有所作為，並且擺脫慈禧的控制。西元1898年，由於恭親王奕訢病故，變法阻力減少，康有為立刻鼓動很多官員敦請變法。光緒皇帝破例接見了康有為。這年光緒皇帝二十七歲，康有為四十歲。打從第一次上書皇帝開始算起，他為呼籲變法維新已經奔走了十年。

康有為面見光緒時的慷慨陳詞，終於使光緒下定決心要全面推行維新變法。就在召見康有為之後不久，光緒就頒布了推行變法的詔書，將變法定為基本國策，變法運動正式開始。由於這一年是戊戌年，史稱「戊戌變法」。

接著，光緒又在一百零三天之內連續頒布了一百多道變法詔令，包括提倡西學、裁減冗員、改用西法精練軍隊、設廠製造軍火等等，變法運動進入到實質階段。

然而，隨著變法運動的積極推行，以慈禧為首的守舊派也就益發不滿。既然無法阻止變法，守舊派遂決定乾脆發動政變。光緒得到情報之後自然十分焦急，趕緊讓人悄悄從宮中帶出密詔，要康有為等人設法營救。

在這樣情勢危急的關鍵時刻，康有為等人經過一番火速商討，決定向擁有兵權的袁世凱（西元1859—1916年）求援，由譚嗣同（西元1865—1898年）出馬去說服袁世凱，請他立刻帶兵前來救駕。袁世凱佯裝同意，結果卻出賣了他們。光緒頓時就成了階下囚，慈禧隨即宣布「臨朝聽政」，史稱「戊戌政變」。變法維新至此也宣告失敗，所以後來「戊戌變法」也被稱為「百日維新」。

慈禧下令抓補所有維新派以及傾向維新派的官員。「戊戌六君子」遭到殺害，康有為則在英國人的保護下先潛逃至香港，然後又輾轉到了加拿大。

流亡海外的康有為，出於對光緒皇帝知遇之恩的回報，以及對慈禧等鎮壓變法派的憤恨，他積極聯絡了很多華僑，成立了保皇會，目標是希望促成光緒復辟，忠君救國。保皇會的發展相當迅速，從加拿大發展到美國、墨西哥、中美洲及南美洲各地，會員在最多時曾超過百萬人。

民國二年（西元1913年），因為母親病故，康有為回到闊別十五年的家鄉。只是頗為諷刺的是，當年去國時他是一個被歸為思想進步的維新運動的領袖，回國時卻成了一個守舊派，宣稱仍然效忠前清朝的百姓。四年後甚至還與北洋軍閥張勳（西元1854—1923年）發動復辟，擁立末代皇帝溥儀（西元

1906—1967年）登基。這場鬧劇當然很快便告失敗，康有為遭通緝，潛逃上海，之後又長期隱居於茅山。

西元1927年，康有為病逝於山東青島。享年六十九歲。

譚嗣同

殺身成仁的思想家

（西元1865—1898年，清末）

在清末的維新運動中，同樣都是維新派，但譚嗣同屬於裡頭的激進分子。簡單來說，康有為變法維新的主張是「由上而下」，把希望寄託在皇帝一個人（還是一個傀儡皇帝）的身上，譚嗣同則認為應該是「由下而上」，變法維新才有可能成功。

這自然是有其背景因素。譚嗣同是湖南瀏陽人，出身於仕宦之家，父親是湖北巡撫。他從小就受到很好的教育，十歲便開始拜瀏陽當地著名的學者歐陽中鵠（西元1849—1911年）為師。譚嗣同在學習上非常認真刻苦，不過在博覽群書的原則下，他對明末清初兩位思想家王夫之（西元1619—1692年）和黃宗羲（西元1610—1695年）的著作最感興趣，總是反復研讀，後來受到他們的影響也最深。

譬如，王夫之說「平天下者，均天下而已」，黃宗羲說「天下為主，君為客」，這其實都是反專制的民主思想，譚嗣同深以為然，認為變法維新不可能依靠朝廷和最高統治者，因為這和他們的利益是相互衝突的，唯一可以依靠的只有人民，他還指出西方維新之政，「無不從民變而起」（比方說發生在十八世紀末的法國大革命，就是人民攻占了巴士底監獄，然後宣告革命成功）。

光緒十年（西元1884年），十九歲的譚嗣同離家出走，遊歷了湖北、河南、江西、江蘇、安徽、浙江、山東、山西，甚至陝西、甘肅、新疆，足跡遍及大半個中國，一方面著迷於祖國的大好河山，一方面也跟當時許多有識之士一樣，為了列強侵華野心的日益嚴重而憂心不已。

當光緒二十一年（西元1895年）中日簽訂《馬關條約》，這年三十歲的譚嗣同正在家鄉，和絕大多數的知識分子一樣滿懷憂憤，希望能為挽救國家盡一份心力，於是便開始積極提倡新學，辦《湘報》，呼籲變法，並先後在家鄉和南京成立一些關於推廣新學、推廣變法維新思想的組織，廣結同好，開設一些與新學有關的課程。

翌年二月，譚嗣同入京，結交康有為、梁啟超等人，成為維新派的一份子。

光緒二十四年（西元1898年）六月，光緒皇帝決定變法。有一次光緒曾經召見譚嗣同，對他說：「汝等所欲變者，俱可隨意奏來，我必依從。即我有過失，汝等當面責我，我必速改。」譚嗣同雖然不像康有為那樣，把變法成功與否全繫於光緒一個人的身上，但光緒對變法的決心以及對維新派的信賴，還是令譚嗣同非常感動。

可惜變法僅僅只持續了一百零三天便告失敗。當「戊戌政變」發生、慈禧下令抓補所有維新派以及傾向維新派的官員時，譚嗣同並不驚慌，不顧自己的安危，仍竭盡所能想方設法想要營救光緒，然而所有計劃後來還是均告落空。在這種絕望的境地，當康有為、梁啟超等人已紛紛在外國人的保護之下逃走，面對很多勸他也趕快逃走的人，譚嗣同不為所動，決心要以死來殉變法事業。他很平靜的說，各國變法，沒有不流血而能成功的，中國今天還沒有人為變法流過血，所以變法不能成功，國家不能昌盛，現在就讓我來開始流血吧。

視死如歸的譚嗣同被捕之後，在獄中牆壁上題詩一首，留下了廣為傳誦的名句——「我自橫刀向天笑」！

不久，譚嗣同、康廣仁（西元1867—1898年，康有為的弟弟）、劉光第（西元1859—1898年）、林旭（西元1875—1898年）、楊銳（西元1857—1898年）、楊深秀（西元1849—1898年）等六人被處死，史稱「戊戌六君子」。臨刑前，譚嗣同神情自若，毫無懼色，甚至還高呼：「有心殺賊，無力回天。死得其所，快哉！快哉！」

譚嗣同死的時候才三十三歲。他的一生雖然短暫，但不僅用生命實現自己的理想，也為世人留下一本在中國近代哲學史上相當重要的書，這就是《仁學》，這是在他從容就義的前一年年初所完成的，是維新派第一部哲學著作。

書中不僅深刻討論了封建體制，也雜揉進儒、釋、道、墨各家和西方資產階級自然科學、社會政治經濟學說，形成一套獨特的哲學體系。譚嗣同認為世界的本體是「仁」，「仁」是萬物之源，世界的存在和發展都是由於「仁」的作用，所以稱他的哲學為「仁學」。同時，由於譚嗣同曾經對佛教思想也進行過系統化的研究，認為佛教普度眾生的精神與孔孟救世之心是一致的，因此也自然而然將自己在佛學方面的研究心得也納入了《仁學》一書當中，這也成了《仁學》的特點之一。

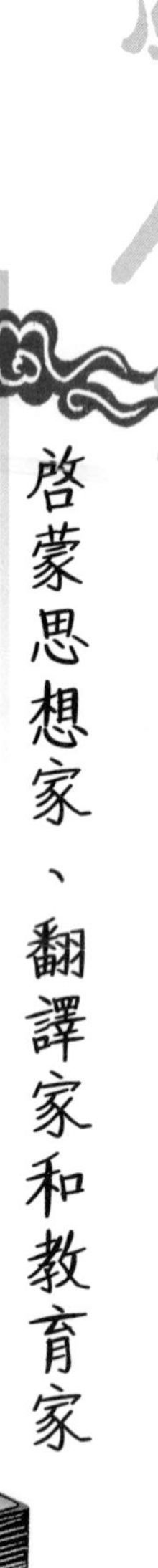

嚴復

啟蒙思想家、翻譯家和教育家

（西元1854—1921年，清末—民國）

清道光二十年（西元1840年）是中國近代史上非常重要的一年。這一年發生了第一次鴉片戰爭，西方列強強行敲開了古老封閉的大清王朝的大門，兩年後簽訂的《南京條約》，更是喪權辱國，是中國近代走上半殖民地、半封建社會的開端。眼看西方列強野心勃勃，清廷卻腐敗無能，所有有識之士都感到一種前所未有的焦慮，都迫切渴望能盡快找到一條救國強國的道路。在這樣的社會氣氛之下，「向西方學習」成為了時代潮流。

名臣林則徐開此風氣之先，成為介紹西學、重視西學的先驅，學者魏源也強調應該「師夷長技以制夷」，而在清朝統治階層內部的洋務派如大臣李鴻章，都是主張要學習西方製器練兵，總之，當時所謂的「向西方學習」都是停留在學習具體的軍事技術層面，頂多也只是想要學習一下西方的經濟制度，而嚴復則認為應該從教育著手。他費了很大的心力，以比較廣泛又比較系統化的方式來介紹和傳播西方的文化，又先後翻譯了包括英國著名博物學家赫胥黎（西元1825—1895年）的《天演論》等西方重要著作，提出「教育救國論」，希望能夠開啟民智，是中國近代史上一位相當重要的啟蒙思想家、翻譯家和教育家。

嚴復是福建侯官（今福建閩侯）人。西元1866年，十二歲時，他考入福州船政學堂，經過五年的學習，畢業之後被派往英國學習海軍。西元1879年，二十五歲的嚴復自英國皇家海軍學院畢業，旋即回國，擔任福州船政學堂教習（就是教師），翌年調任北洋水師學堂總教習（相當於現今的教務長），可以說培養了中國近代第一批海軍人才，至西元1900年以水師學堂總辦（相當於現今的校長）一職離任。

西元1894—1895年中國在中日甲午戰爭中的慘敗，使得當時四十歲左右的嚴復對於洋務派那套「自強新政」感到十分不滿，認為想要救國、想要向西方學習，還是應該要重視學習西方的社會政治制度，以及文化思想才是。因此從這個時候開始，嚴復就經常發表介紹西方制度等文化層面的文章，並且抨擊封建制度和封建主義，同時還呼籲清廷應該禁止鴉片和纏足，廢八股，興西學，

創立議院，實行君主立憲等等。當時絕大多數的人對西方文化都仍相當陌生，這些文章真的深具啟蒙價值。

在發表這些文章的同時，嚴復也開始著手翻譯西方諸多重要的著作，其中對國人影響最大的就是《天演論》。嚴復認為《天演論》中所提出來的「物競天擇，適者生存」的生物進化論思想，其實同樣適用於人類。正如當時面對列強企圖瓜分中國的惡劣局勢，中國是弱者，如果再不設法圖強，就將逃不過「優勝劣敗，弱者先亡」的命運。這些嶄新的觀點和思想，在當時深具震撼人心的力量。《天演論》出版以後，風行全國，知識分子尤其爭相閱讀，然後熱烈交流討論，無意之中這本書還成為維新派宣傳變法、推進維新思想的重要憑藉。

但是，由於嚴復主張所有的改良都應該先從「開民智」做起，他相信所有社會的發展就跟生物進化一樣，只能漸漸改變，不可能突變，所以儘管西元1897年他也在天津主辦《國聞報》，後來又增加《國聞匯編》，傳播新思想，宣傳維新變法，然而當翌年「戊戌變法」正式展開以後，嚴復卻沒有積極參與其中。

嚴復在翻譯《天演論》時所提出來關於翻譯的「信、達、雅」的準則，可以說被整個二十世紀的中國譯者都奉為圭臬。「信」是指要忠實準確的傳達原文的內容，「達」是指譯文要力求通順流暢，「雅」則是「文字典雅」之意，指譯文應該要有一定的文采。

離開北洋水師學堂的時候，嚴復四十六歲，接下來他先後又出任安徽高等學堂監督、復旦公學和北京大學等校的校長，始終以「教育救國」為己任。

辛亥革命後，嚴復一度附和袁世凱，捲入「洪憲帝制」風波，這成了他一

生最大的汙點。

（西元1915年十二月初，袁世凱推翻共和，宣布接受帝位，改中華民國為「中華帝國」，並下令廢除民國紀元，把次年原本的民國五年改為「洪憲元年」，史稱「洪憲帝制」。）

步入晚年以後，嚴復的思想日趨保守，反而回頭尊孔讀經，還反對「五四運動」（西元1919年青年學生組織的愛國運動），令很多人都感到不解。

西元1920年因為哮喘病久治無效，嚴復從北方回到家鄉福建，在福州養病，翌年過世於家中，享年六十七歲。

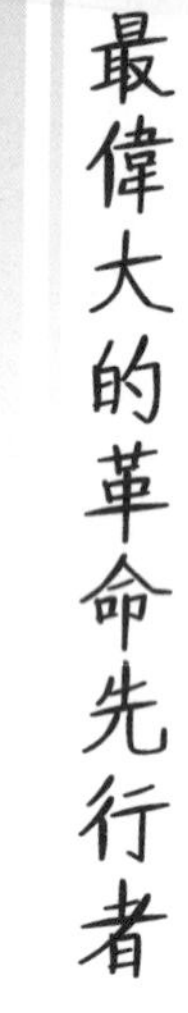

最偉大的革命先行者
孫中山

（西元1866—1925年，清末—民國）

孫中山是中國近代偉大的革命先行者。西元1897年，當他三十一歲那年在日本進行革命行動時曾化名為「中山樵」，「孫中山」的名字由此而來，後來世人都稱他為孫中山。

幼年時他曾名帝象，稍長取名為文，在他三十一歲以前，一直叫做孫文。

他是廣東香山縣（今廣東中山縣）翠亨村人。村裡有一位老人，在年輕時曾經參與過太平天國的活動。太平天國（西元1851—1864年），歷時近十四年，是清朝後期一次由農民起義所創建的政權，也是中國歷史上規模最大的農民戰爭。這位當年太平軍的老兵經常給孩子們講太平天國的故事，孫文總是聽得特別入迷，有一次還發出了一聲感嘆，說要是洪秀全（西元1814—1864年）成功了就好了。在和小伙伴們玩類似「官兵捉強盜」的遊戲時，他也總是喜歡扮演洪秀全。

還有一件事也在孫文的童年中留下深刻的印象。那是有一次，有一群強盜在光天化日之下砸搶一位華僑的住宅，事發之後，孫文聽到那位華僑悲憤的哭嚎，說損失的都是自己在海外這麼多年辛辛苦苦掙下的血汗錢，為什麼回到自己的祖國卻得不到保障？這位苦主還說，在國外一切都有法律來保護老百姓的人身和財產安全，如果是在國外就絕對不會發生這樣的事！

這位華僑憤慨的控訴，令孫文年幼的心靈大為震撼。

孫文家境貧寒，父親靠著租種兩畝半地及兼做更夫來養活一家。

（「打更」是古代民間的一種夜間報時制度，「更夫」就是每天夜裡敲竹梆子或鑼的人。）

孫文有手足四人，在他上面有一個哥哥和一個姐姐，下面是一個妹妹。在他五歲那年，哥哥就背井離鄉去檀香山謀生，經營橡膠農場，後來做得非常成功。孫文十二歲時便也來到檀香山，在哥哥的培育之下於當地求學，開始接受西方教育和文化，這段青春期在海外的歷練，對孫文具有很好的影響，不僅明顯開拓了他的胸懷和視野，也豐富了他的民主思想和近代科學知識。

後來，孫文回國之後先進入廣州博濟醫院附屬南華醫學堂學醫，之後又轉入香港西醫書院繼續學習，然後以優異的成績畢業，獲醫科碩士學位，並且開始行醫。

由於他在專業上相當高明，又滿懷仁心，據說行醫僅僅兩三個月就已小有名氣。可是，儘管醫生這個行業能為自己帶來豐衣足食的生活，眼看國家處於風雨飄搖的危急時刻，孫文卻愈來愈不滿足於只做一個醫生；他意識到醫生救人有限，其他所有的慈善事業也是一樣，唯有救國，治好國家的「痼疾」（指長期難以治癒的疾病），才能救更多更多的人。

西元1894年夏天，甲午戰爭爆發之際，時年二十八歲的孫文懷抱著滿腔熱忱上書李鴻章，失敗以後，他大約覺得清朝反正也已經是無可救藥，於是毅然決定要改走另外一條救國救民的道路。

孫文與康有為等維新派最大的不同就在於此。康有為等人宣揚進化論思想，主張在保有清朝封建統治的基礎之上實行君主立憲，從上而下對整個國家社會進行改良，而孫文則主張革命，要澈底推翻滿清政府，建立民國，等到革命成功之後就可以廢除專制，效法美國，選舉總統，實行共和。

此後一直到西元1925年因積勞成疾與世長辭為止，孫中山將大半生都投身於革命事業。

他在甲午海戰的隆隆炮火聲中前往檀香山，並很快就組織了「興中會」，入會誓詞為：「驅除韃虜，恢復中華，創立合眾政府。」這是一個已經初具雛形的民主革命綱領，在中國近代史上具有非同小可的劃時代意義。

從西元1901年以後，孫中山就逐步加強對康有為等保皇黨批判的力道。四年後，「同盟會」成立，孫中山便以《民報》為主要陣地，從創刊號開始，一方面大力宣傳同盟會「驅除韃虜、恢復中華，創立民國，平均地權」十六字政治綱領，以及根據這十六字綱領所闡發的民族、民權和民生三大主義，簡稱為「三民主義」之外，另一方面也持續對保皇派進行猛烈且系統化的抨擊，掀起一次又一次革命派與改良派之間的論戰。在這些論戰中，孫中山代表的革命派始終表現得意氣風發，鬥志昂揚。

從西元1907—1911年這四年當中，也就是在孫中山四十一歲至四十五歲之間，他領導革命黨人在廣州和雲南地區發起了八次武裝起義，加上早期還有兩次，至此孫中山已革命十次，均以失敗告終，但是他仍然意志堅定，革命之心毫不動搖。整個社會對這些充滿熱血、置個人死生於度外的革命黨人也愈來愈同情，愈來愈受打動，革命的影響力愈來愈大，以至於不斷有更多的仁人志士願意捨身於推翻滿清王朝的戰鬥之中。也就是說，每一次的起義雖然都失敗了，卻仍然不斷衝擊著清朝的統治。其中西元1911年發生在廣州的「黃花崗起義」更成為辛亥革命的前奏。按孫中山的評價是：「是役也，碧血橫飛，浩氣四塞，草木為之含悲，風雲因而變色……」

「黃花崗起義」之後僅僅過了半年左右，湖北省武昌城內新軍工程第八營的革命黨人和許多士兵，在熊秉坤（西元1885—1969年）的率領下，十月十日晚上發難，打響了武昌起義的第一槍。經過一夜激戰，他們攻占了總督衙門，占領了武昌，隨後又一口氣占領了漢陽和漢口，等於是把武漢三鎮統統拿下。

革命終於成功了！「十月十日」也因此成為中華民國的國慶日。

長期在國外領導反清革命的孫中山很快就在年底前回到上海，旋即被推舉為臨時大總統。翌年（西元1912年）一月一日，孫中山從上海到南京赴任，當晚宣誓就職。中華民國臨時政府成立，這年即為民國元年。

同年二月十二日，清朝的宣統皇帝溥儀在全國熊熊的革命怒潮中被迫下了退位詔書，宣布退位。這不僅標誌著大清王朝的結束，更標誌著中國兩千多年以來的封建王朝終於宣告結束。

民國初立，國事如麻，紛擾也從不消停，孫中山一心為民，鞠躬盡瘁。西元1925年，他抱病去北京開會，不幸於三月十二日上午九時病逝於北京，享年五十九歲。

中國鐵路之父

詹天佑

（西元1861—1919年，清末—民國）

詹天佑被稱為「中國鐵路之父」、「中國近代工程之父」，是中國近代史上一位相當重要的人物。

他出生於廣東南海，祖籍安徽婺源。雖然家貧，詹天佑從小敏而好學，他十歲那年（清同治十一年，西元1871年），清廷在愛國革新思想家容閎（西元

1828—1912年）的倡議下，宣布將公開招考一百二十名幼童官費留洋求學，去學習西方科技，學成之後回國報效祖國。詹天佑前往應考，順利考上。這是他人生一個關鍵性的轉捩點。

詹天佑與其他的官費幼童在翌年赴美。這年年僅十一歲的詹天佑，就這樣在異國他鄉過起了親人不在身邊的小留學生的生活。不過，他學習非常勤奮，成績非常優異，成為這批小留學生中的翹楚。西元1881年，詹天佑二十歲這年，一百二十名當年的小留學生全部回國，其中有兩位特別出色，獲得了學士學位，詹天佑就是其中之一。他獲得了耶魯大學的學士學位。

回國之後，詹天佑並沒能馬上投入鐵路建設事業，而是被派到福州船政局去學習駕駛，隔年以第一名的成績畢業，然後在十一月被分到揚武號兵艦上去實習。兩年後的六月，法國軍艦侵犯福建沿海，八月，發生了中法馬江海戰，年輕的詹天佑參與了這場海戰，他表現得非常沉著和英勇，直到揚武號被擊沉才跳下水去，還救起了好幾個同袍。這次海戰，福建海軍幾乎全軍覆沒。

西元1887年，中國鐵路公司在天津成立，二十六歲的詹天佑被聘為工程師。公司給他的第一個任務，是從塘沽到天津的築路工程。詹天佑把這項任務完成得非常完美，僅僅只花了八十天就竣工，充分顯示了他的才能。

三年後，中國關內外鐵路總局（就是原來的中國鐵路公司）計劃要把關內鐵路延到關外的沈陽和吉林。當鐵路鋪至灤河的時候，橋樁工程碰到了困難，幾個外國工程師忙了半天連一個橋樁都沒打成，英國總工程師急得要命，只好把詹天佑找來試試。詹天佑經過一番探勘之後，改變了橋址，並採用壓氣沉箱法來配合機器打樁，終於順利打下了橋基，深獲外國工程師們的佩服，接下來灤河鐵路橋工程也總算得以如期完工，全長六百多公尺，是中國當時最長的鐵橋。

西元1894年，英國土木工程師學會選舉詹天佑為會員。詹天佑成了該組織第一位中國會員。這年詹天佑三十三歲。

在他四十一歲的時候，負責修成京漢鐵路高碑店至易縣梁格莊這兩地長四十幾公里的一條支線。這是第一條完全由中國人主持修建的鐵路，而且詹天佑僅僅花了四個月左右的時間，還提前兩個月竣工，再度顯示出他驚人的效率。

西元1905年，四十四歲正值壯年的詹天佑奉命主持修建京張鐵路，這是中國鐵道史上第一條完全自築（完全不使用外國資金及人員，包括完全由中國工程師設計）的重要鐵路，連接北京豐台區，經八達嶺、居庸關、沙城、宣化等地至河北張家口，全長約兩百公里。這條鐵路的工程相當艱巨，可是詹天佑克服了重重困難，包括採用「之」字形線路來解決最困難的如何翻山越嶺的問題；在開鑿居庸關隧道時，採用兩端對鑿法，準確的使山洞在中間會合貫通；開鑿八達嶺隧道時，由於洞身過長，詹天佑則採取了直井開鑿法，在隧道中部開鑿兩個直井，然後分六個面同時進行開鑿；而面對厚厚的岩層，詹天佑大膽採用炸藥爆破開山法（這在中國可是第一次！）；以及採用當時最先進的大馬力蒸汽機車等等。

當時，詹天佑的心理壓力很大。因為清政府是排除英國、俄國等殖民主義者的阻撓，才委派詹天佑來擔任京張鐵路局總工程師（後來他又兼任京張鐵路局總辦），詹天佑知道不僅國人、還有那麼多的外國同行都在密切關注著自己的工作，如果他失敗了，按他自己的話說就是：「這不僅是我個人的不幸，也是全體中國工程師和所有中國人的不幸，因為人們將不再信任中國工程師……」

所幸，在詹天佑的努力和帶領之下，西元1909年京張鐵路順利完工，而且還是提前兩年完工，為朝廷節省了二十八萬八千多兩銀子。

京張鐵路完工之後，受到中外一致的稱讚，清政府特別授予他「工科進士第一名」的稱號。美國土木工程師學會也將他選為會員。他也成了該會第一位中國工程師。

詹天佑於西元1919年病逝，享年五十八歲。從二十六歲進入中國鐵路公司開始算起，他一生從事中國鐵路事業長達三十二年，從清末開始修鐵路一直修到了民國，主持修建了中國很多條重要的鐵路，足跡遍布大江南北和長城內外。為了紀念這位中國最早且非常傑出的鐵路工程師，現在在八達嶺附近還可以看到詹天佑的銅像。

風雲人物

蔡元培

近代史上偉大的教育家

（西元1868—1940年，清末—民國）

蔡元培是中國近代史上一位不可多得的教育家。

他是浙江紹興人，出生於西元1868年，那還是清同治年間。他天資聰穎，四歲就入家塾讀書。十七歲時（這時已是光緒皇帝在位）就考取了秀才，隔年便開始設館教書，做起了年紀輕輕的教書先生，與此同時也在科舉之路繼續努力，在接下來的數年之間成果也不錯；二十二歲時中舉人，二十三歲進京會試得中成為貢士，二十五歲時更上一層樓，經殿試中了進士，真可說是一路春風得意。

然而，在這些年當中，蔡元培自己的科舉之路固然相當順遂，可國家所面對的困難卻愈來愈多、愈來愈深。他跟絕大多數的讀書人一樣，都感到十分憂心。

到了光緒二十年（西元1894年），二十七歲的蔡元培得授職翰林院編修。就在這一年，甲午戰爭爆發，清廷慘敗，隔年四月與日本簽訂了《馬關條約》，這大大加深了中國社會半殖民地化的程度，也帶來空前的民族危機。蔡元培從這個時候開始接觸西學，同情康有為等維新派人士，尤其服膺只比自己大三歲的譚嗣同。

四年後，在蔡元培三十歲而立之年的九月，他回到家鄉紹興，開始興辦教育，提倡西學，擔任紹興中西學堂監督。

光緒二十六年（西元1900年）爆發了八國聯軍事件，隔年清廷以戰敗國的身分所簽訂的《辛丑條約》，是中國近代史上賠款數目最龐大、主權喪失最嚴重的不平等條約，蔡元培跟當時許多充滿熱血的知識分子一樣，都非常憤慨和痛恨清廷的腐敗無能。於是，他漸漸產生了反清的想法。

不久，蔡元培應上海南洋公學（上海交通大學前身）之聘，來到上海先擔任特班總教習，繼任愛國女校的校長。又過了一年（光緒二十八年，西元1902年）與章炳麟（西元1869—1936年）等一起創辦中國教育會，表示「要造就理想的國民，以建立理想的國家」，並創辦愛國學社，提倡民權，宣傳排滿革命。

接下來，他就經常公開演講，既控訴西方帝國主義列強侵華的暴行，也嚴厲抨擊清廷的軟弱無能，演講內容大多還都刊載在當時的革命報紙《蘇報》上，在上海民間引起很大的迴響。此時仍是清末，這麼做是很需要勇氣的。而蔡元培從科舉出身，後來卻選擇了革命的道路，顯得尤為特殊。

後來蔡元培甚至還參加了推翻滿清王朝的暗殺團活動，並與黃興（西元1874—1916年）等人一起策劃武裝暴動。同盟會成立之後，他也加入了同盟會，被孫中山委任為上海分部主盟員。

西元1907年，三十九歲的蔡元培留學德國，入萊比錫大學研究哲學、文學、文明史、人類學等課程。武昌起義之後，蔡元培於西元1911年十二月一日回到上海，參加籌建中華民國政府的工作，隨後便被任命為臨時政府教育總長。

這段經歷雖然時間不是太長（在西元1913年後，蔡元培因為參加了反袁世凱的「二次革命」而被迫再度出洋），但蔡元培所做的事倒是不少，譬如提出「德、智、體、美」四育並重的教育目標；仿照西方學制主持制定全國各類學校學制及學校規程，統一規定小學四年、高小三年、中學四年、大學本科三至四年；親自起草有關中國高等學校的第一個法規《大學令》等等，總之就是積極改革封建教育。

西元1913年蔡元培赴法國之後，一待就是三年。在這段期間他一方面編撰了不少哲學和美學著作，一方面也與友人一起發起「華法教育會」，在法國倡導勤工儉學，希望能夠以這個組織幫助更多學子來歐洲求學，後來在中國現代史上舉足輕重的周恩來（西元1898—1976年）、鄧小平（西元1904—1997年）等人，就都是透過這個組織來到法國學習。

西元1916年夏天，黎元洪（西元1864—1928年）的北京政府終於明令恢復了民國初年的《臨時約法》，孫中山、黃興等許多流亡海外的革命黨人紛紛相約回國，同年十一月初，蔡元培也從法國的馬賽乘船回到了上海，年底受命擔任北京大學的校長。

北京大學原是創辦於清光緒二十四年的京師大學堂，在辛亥革命以後才改名為北京大學。蔡元培一生最具影響力的教育事業應該就是對北京大學的改革了。

首先，他希望去除仍然存在於很多學生腦海中的陳腐觀念，告訴這些年輕學子，「大學生當以研究學術為天職，不當以大學為升官發財的階梯」。其次，他調整科、系設置，充實教學內容，積極提倡學術自由，還聘請大批擁有真才實學、對於教育事業又滿懷熱情的著名學者前來任教，如陳獨秀（西元1879—1942年）、胡適（西元1891—1962年）、李大釗（西元1889—1927

北京大學

年）、錢玄同（西元1887—1939年）等等，這些傑出人士後來都成為中國現代史中的重要人物。

蔡元培在北大實踐的「思想自由」、「兼容並包」的理念，以及諸多都相當大膽的革新措施，不僅深深影響了北京大學，對整個中國近代史也都具有非常重要的意義，可以說不僅推動了新文化運動的發展，也為不久之後發生在西元1919年的「五四運動」奠定了基礎。

「五四運動」爆發時，蔡元培除了支持學生的愛國行動，還多方營救被捕的學生，表現出一位校長應有的擔當與魄力。

而在「五四運動」落幕後，蔡元培還是一如既往致力於科學教育和民主政治運動當中。「以教育來啟迪民智」是他終生不變的理想和抱負。

西元1940年，蔡元培病逝，享年七十二歲。

中國歷史年代表

傳說時代（三皇五帝）

朝代	起止年	本書介紹的名人
夏朝	約西元前2070–前1600年	
商朝	約西元前1600–前1046年	
周朝	**西周** 西元前1046–前771年 **東周** 西元前770–前256年	
春秋	西元前770–前476年	孫武、魯班
戰國	西元前475–前221年	李冰
秦朝	西元前221–前207年	項羽、陳勝
西漢	西元前202–西元8年	韓信、蘇武、東方朔、張騫
新朝	西元8–23年	
東漢	西元25–220年	班超、蔡倫、張衡、張仲景

朝代	年代	人物
三國	魏 西元213-266年	
	蜀 西元221-263年	關羽
	吳 西元222-280年	
西晉	西元266-316年	
東晉	西元317-420年	
十六國	西元304-439年	
南北朝	西元420-589年	賈思勰、祖沖之
隋朝	西元581-618年	
唐朝	西元618-907年	玄奘
五代十國	西元907-979年	
宋朝	北宋 西元960-1127年	包拯、畢昇
	南宋 西元1127-1279年	岳飛、黃道婆
遼朝	西元907-1125年	
西夏	西元1038-1227年	
金朝	西元1115-1234年	
元朝	西元1271-1368年	
明朝	西元1368-1644年	戚繼光、海瑞、鄭和、李時珍、徐光啟
清朝	西元1636-1911年	鄭成功、紀曉嵐、林則徐、康有為、譚嗣同、嚴復、孫中山、詹天佑、蔡元培

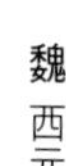

問題＋答案＝想引領讀者看見的訊息

企劃◎陳欣希（臺灣讀寫教學研究學會創會理事長）
撰文◎邱孟月、劉春纓（陳欣希教授研發團隊）

透過提問，我們想引領大家看見「全書編排的邏輯」、「單一篇章的重點」、「相似篇章的異同」、「書與自己的關聯」。

提問範圍，除了「自序」、「目錄」，我們從30篇中挑選5組，如下：

1〈西楚霸王──項羽〉vs.〈軍事奇才──韓信〉
2〈開封有個包青天──包拯〉vs.〈正直清廉的清官──海瑞〉
3〈建築與木匠業的鼻祖──魯班〉vs.〈水利工程專家──李冰〉
4〈醫聖──張仲景〉vs.〈曠世藥物學家──李時珍〉
5〈維新運動的發起者──康有為〉vs.〈殺身成仁的思想家──譚嗣同〉

提問模式，主要原則有三：

1 每組文本會先「各篇提問」再「跨篇統整」；

2 各篇提問一定會讓讀者留意到「篇名」及「首段」「末段」；

3 跨篇統整會有「內容重點」和「書寫特色」的比較異同。

適用方式：

可以是「親子共讀」、「同儕共讀」，也可以是「自我引導」。回答問題，記得還要找出證據，證據通常不只一個！還有還有，若有特別喜愛的問題，記得在問題前畫個＊號！

好問題，有助於讀者理解文本！希望透過這些提問，讓大家讀懂這本書而且喜歡上閱讀思考！

自序&目錄

1. 本書挑選了三十五位名人的故事，挑選的依據有哪些呢？請在(　)中打✓。

(　)(1) 名臣武將

(　)(2) 富商巨賈

(　)(3) 發明家和開拓者

(　)(4) 軍事家和開國者

(　)(5) 對後世影響深遠

(　)(6) 對教育改革翻轉

參考答案：(1)(3)(5)

2. (　)作者在自序中提到「人，永遠是最迷人的」，你覺得她想要闡述的是什麼呢？

(1) 風雲人物主要在介紹名人故事。

(2) 隨意提起，以增加讀者在閱讀的趣味。

(3) 政治是一切的基礎，在各方面影響我們的生活。

(4) 歷史就是「人的故事」，以闡述著作「中國歷史人物故事」的緣由。

參考答案：(4)

3. 目錄中的每個篇章都有標題來形容所要介紹的名人，請試著從這些標題中找出兩類，並各舉兩個例子說明。

▼以名人「流傳後世的地域特色」定標題，例如：北海牧羊十九年；開封有個包青天。

1 ＿＿＿＿＿＿＿＿＿＿，例如：＿＿＿＿＿＿＿＿＿＿

2 ＿＿＿＿＿＿＿＿＿＿，例如：＿＿＿＿＿＿＿＿＿＿

參考答案：

(1)專長，例如：建築和木匠業的鼻祖、水利工程專家、傑出的農業科學家。

(2)人格特質，例如：正直清廉的清官、堅決禁煙的民族英雄。

(3)歷史定位，例如：絲綢之路的開拓者、維新運動的發起者、最偉大的革命先行者……

第1組 名臣武將

西楚霸王——項羽（西元前232—前202年，秦末）

1. （西元前232—前202年），括號中的年份代表的是什麼意思？

參考答案：代表項羽出生於西元前232年，卒於西元前202年。

2. 楚漢相爭中原本處於絕對優勢的項羽，為何未能順利取得勝利，反倒落得在烏江邊自刎而死的下場？請寫出兩個原因。

參考答案：

(1)作戰時糧食補給未到位。(2)個性殘暴且剛愎自用。

(3)個性猜疑未能留住人才。

3. 項羽能稱之為「西楚霸王」的原因是什麼呢？請寫出兩個原因。

參考答案：

(1)建立西楚政權。(2)武藝出眾，是一代武將，蓋世英雄。

(3)具有無人能及的勇氣與決心。

軍事奇才——韓信（生年不詳—前196年，西漢初年）

4. 以下的成語典故中，哪些與韓信有關呢？請在（ ）中打✓。

（ ）(1) 四面楚歌　（ ）(2) 破釜沉舟

（ ）(3) 班門弄斧　（ ）(4) 胯下之辱

參考答案：(1)(4)

5. 本篇標題定位韓信為「軍事奇才」，請舉出兩個例子證明。

參考答案：

(1)率領大軍從陳倉殺出，從而占領關中。此為聲東擊西、出其不意的戰略。

(2)北上滅趙，置之死地而後生；類似項羽的破釜沉舟之舉。

(3)垓下圍困楚軍，用風箏綁竹笛，瓦解楚軍的意志力，是為「四面楚歌」之典故。

(4)與張良聯手整理兵書，著有兵法三篇。

6. 文本中提到「成也蕭何，敗也蕭何」是什麼意思呢？

成也蕭何：__________

敗也蕭何：__________

參考答案：

成也蕭何：蕭何聽聞韓信出走，連夜追回，並使劉邦重用而拜為大將軍。

敗也蕭何：韓信因被蕭何騙入宮中，而遭呂后殺害。

7. 本文作者用了什麼樣的寫作方式，讓我們快速掌握主角——韓信一生的經歷。

參考答案：

用兩句話概括韓信的一生，且字體加粗；接著分述兩句話的涵義，交代他人生的起落。

跨文本比較

8. 項羽和韓信都是名聞遐邇的武將，請問他們的個性有哪些共通點？請在(　)中打✔。

(　)(1) 果決堅定　　(　)(2) 公正無私

(　)(3) 知恩圖報　　(　)(4) 溫和有禮

參考答案：(1)

9. 「破釜沉舟」與「置之死地而後生」的意思類似，請完成下表。

語詞	破釜沉舟	置之死地而後生
人物		
事件	楚軍過漳河後，將船隻鑿破、飯鍋打碎，每個士兵只帶三天乾糧就上戰場作戰。	把士兵們布置在一個無法退卻，只能奮勇向前才有活路的境地。
結果		
涵義		

參考答案：

語詞	破釜沉舟	置之死地而後生
人物	項羽	韓信
事件	楚軍過漳河後，將船隻鑿破、飯鍋打碎，每個士兵只帶三天乾糧就上戰場作戰。	把士兵們布置在一個無法退卻，只能奮勇向前才有活路的境地。
結果	獲得勝利。	
涵義	斷絕後路就能下定決心，終獲成功。	

10. 作者在〈西楚霸王——項羽〉及〈軍事奇才——韓信〉中運用了許多相關的典故及小故事，作者如此的取材有何用意呢？

參考答案：

透過相關典故的介紹，不僅讓讀者對於成語的印象更深刻，讀起來也更有趣。另外，藉由小故事的敘述可以強調出主角的個性特質，並提供佐證的資料。

開封有個包青天——包拯（西元999—1062年，北宋）

1. 文本中提到許多包拯的故事，令你印象最深刻的是哪一個呢？請說明原因。

參考答案：

(1)封號「閻羅包老」。原因：證明他做人、判案鐵面無私，令人敬佩。

(2)事親至孝，於父母相繼去世後才展開仕途。原因：本來只知道包拯鐵面無私，原來他還是一個極為孝順的人呢！真是令人驚訝。

2. 從文本中描寫包拯的事蹟來看，作者要強調主角具有那些人格特質呢？請寫出兩個。

參考答案：鐵面無私、事親至孝、廉潔自愛、親民愛民。

3. 請評估〈開封有個包青天——包拯〉這個標題是否適切？請說明理由。

參考答案：

(1)適切：因為包拯出任開封知府這個職務是世人對他印象最深刻的部分，以這個當作標題可以馬上吸引讀者的注意。

(2)不適切：因為文本中描述許多關於包拯的故事，這個標題未能包括全文的內容。

正直清廉的清官——海瑞（西元1514—1587年，明朝）

4. 文本中提到，海瑞讀書的時候，受到誰的什麼學說影響很大，請連連看。

孫　武・	・孫子兵法
王守仁・	・儒家思想
孔　子・	・知行合一
周　公・	・制禮作樂

5. 由海瑞的自號「剛峰」，可以知道他對自己的期許是什麼呢？

參考答案：

孫　武・	・孫子兵法
王守仁・	・儒家思想
孔　子・	・知行合一
周　公・	・制禮作樂

（王守仁—知行合一）

參考答案：

立志宣告與提醒自己要做一個不謀私利、不諂媚權貴、剛正不阿的好官。

6. 本篇標題為〈正直清廉的清官——海瑞〉，請從文本中各找出一個例子證明他的正直與清廉。

正直：

清廉：

參考答案：

正直：(1)凡是法律所不允許的，一定照最嚴苛的標準來執行。

(2)無懼於丟掉性命，就連皇帝的過失也敢直言不諱。

(3)歷任各種職位，所到之處，總是打擊地方豪強，力阻徇私舞弊、嚴懲貪官。

清廉：過世時留下的白銀連喪葬費都不夠。

7. 從文本中的描述可以歸納出包拯與海瑞都擁有什麼樣的人格特質？請在(　)中打✓。

(　)(1) 剛毅正直

(　)(2) 義氣至上

(　)(3) 果決勇敢

(　)(4) 寬厚待人

參考答案：(1)(3)

8. 根據文本中對包拯與海瑞的描述內容，請連連看。

包拯・

海瑞・

・改變做法，澈底解決解州鹽法繁縟的問題。

・事親至孝，於父母相繼去世後才展開仕途。

・對於皇帝的過失也敢直言不諱，上呈皇帝。

・全力推行「一條鞭法」，貧戶土地大多返還。

・打開官署正門，讓人民可以直接跟他陳情。

・清丈土地、規定標準以解決淳安農民賦稅問題。

參考答案：

包拯：
- 改變做法，澈底解決解州鹽法繁縟的問題。
- 事親至孝，於父母相繼去世後才展開仕途。
- 打開官署正門，讓人民可以直接跟他陳情。

海瑞：
- 對於皇帝的過失也敢直言不諱，上呈皇帝。
- 全力推行「一條鞭法」，貧戶土地大多返還。
- 清丈土地、規定標準以解決淳安農民賦稅問題。

9. 兩篇文本的結尾截然不同，請說明喜歡哪一篇的形式並寫出原因。

參考答案：

(1) 包拯篇，原因：結尾前後呼應再次強調百姓對他的愛戴。

(2) 海瑞篇，原因：文章看似要結束了卻又加入一個故事，再次引起讀者的興趣。

第3組 發明家和開拓者

建築與木匠業的鼻祖——魯班（西元前507—前444年，春秋末期到戰國初期）

1. 成語「班門弄斧」有哪些涵義呢？請在（ ）中打✓。

（ ）(1) 武藝高強，耍刀弄斧。　（ ）(2) 不自量力，賣弄本領。

（ ）(3) 謙虛自持，不敢賣弄。　（ ）(4) 創意十足，發明眾多。

參考答案：(2)(3)

2. 魯班發明了很多東西，你最喜歡哪一項呢？請說明原因。

參考答案：

(1) 木鳥，原因：竟然能飛三天三夜不掉下來，實在是太神奇了。

(2) 鋸子，原因：我使用過鋸子這個方便的工具，原來是魯班發明的。

(3) 石磨，原因：這個發明是古代糧食加工工具的一大進步，真是太厲害了。

水利工程專家——李冰（生卒年均不詳，只能確定是戰國時代）

3.（　）李冰主持設計及監造了哪一個被列入世界文化遺產名錄的水利工程？

(1)靈渠

(2)都江堰

(3)鄭國渠

(4)三峽大壩

參考答案：(2)

4. 秦國為了將蜀地建設為重要基地，決心一定要澈底治理岷江水患，於是便派來了精通治水的李冰。請用數字1、2、3、4將他治水的經過進行排序。

（　）提出「分洪以減災，引水以灌田」的方針，決心修建大型水利工程。

（　）不辭辛勞親自四處勘察蜀地長期發生災害原因，找出重要的癥結點。

（　）至今，都江堰仍在有效發揮著巨大的排灌作用，使四川成為了「天府之國」。

（　）發現成都平原不僅得不到岷江的灌溉，還經常會有兩極化的天災出現。

參考答案：3142

5. 李冰運用什麼方法解決建造水利工程中遇到的困難呢？請舉一個例子說明。

參考答案：

(1) 科學，利用熱漲冷縮的原理炸裂岩石。

(2) 科學，觀察到婦女洗衣的竹籠，想出就地取材、降低堤堰崩潰風險的設計。

跨文本比較

6. 魯班和李冰皆是偉大的發明家，仔細閱讀文本後，請完成下表。

發明家	魯班	李冰
創意來源		
創意設計	鋸子	竹籠中填入鵝卵石作為堤壩
影響		
啟發		

參考答案：

發明家	魯班	李冰
創意來源	發現野草的葉片兩邊長著鋒利的齒	從婦女洗衣服的竹籠得到啟發
創意設計	鋸子	竹籠中填入鵝卵石作為堤壩
影響	提高砍樹的效率	1 施工或維修都很簡單的築堤方式 2 有效降低堤堰崩潰的危險
啟發	發明常常是來自於對生活周遭事物的細心觀察。	

7. 魯班和李冰有一些共同的特質造就了他們傑出的表現，請寫出兩個。

參考答案：
(1) 喜歡動腦思考。
(2) 留意周遭事物。
(3) 善用科學方法。

8. 兩篇文本末段寫作的手法有何相似之處？請說明這樣寫的用意為何？

參考答案：
再次強調兩位人物的貢獻與影響；呼應主題「鼻祖」、「專家」。

第4組 發明家和開拓者

醫聖——張仲景（約西元150—約219年，東漢末年）

1.（ ）張仲景在當官期間依然想辦法義務替老百姓看診，後人為此發明了一個什麼稱呼呢？

(1) 長沙名醫　(2) 坐堂醫生

(3) 仁醫太守　(4) 妙手醫聖

參考答案：(2)

2. 張仲景在《傷寒雜病論》中確立了什麼原則，成為一千多年以來中醫臨床的基本原則？

參考答案：辯證論治

3. 張仲景的父親希望他放棄從醫的主要原因是什麼？請在（ ）中打✓。

（ ）(1) 自己在朝廷當官，生活優渥，希望兒子也能走上仕途。

（ ）(2) 古代儒家傳統都鄙薄「方伎」，醫生這行被視之為賤業。

（ ）(3) 建安年間疾病流行十分猖獗，許多醫生因看診感染而亡。

（ ）(4) 專看別人前途而聞名的隱士直言他將來必成大業做大官。

參考答案：(2)

曠世藥物學家——李時珍（西元1518—1593年，明朝）

4. 李時珍是因為什麼原因而願意花費多年時間完成舉世聞名的鉅作《本草綱目》？

參考答案：
(1) 曾見同行依據藥典處方卻導致病人的病情加重。
(2) 發覺當時的藥物學著作存在著分類不當、解釋混亂的嚴重問題。

5. 李時珍完成《本草綱目》的歷程，請用數字1、2、3、4將他著書立說的經過進行排序。

（　）初稿完成之後，又經過三次的修改。
（　）決定要走出書齋，做廣泛的實際考察。
（　）埋首書堆達十年之久以後，才開始非常嚴謹的動筆書寫。
（　）西元1578年，日後舉世聞名的《本草綱目》終於完成。

參考答案：3214

6. 《本草綱目》有何特色而能夠成為「東方醫藥巨典」？請至少寫出兩個特色。

參考答案：
(1) 收載藥物、藥方、新藥材與動植物插圖數量驚人。
(2) 內容豐富、規模宏大，是古代任何一部藥學書籍所望塵莫及。
(3) 首創將藥物的生態、形態、特性和藥物應用相結合的分類方法。

跨文本比較

7. 從文本的描述中可以歸納出張仲景與李時珍皆擁有什麼樣的人格特質？請寫出一個答案。

參考答案：意志堅定，好學認真，做事嚴謹……

8. 請比較張仲景和李時珍從醫之路的異同點。

人物	張仲景	李時珍
興趣引發		
從醫經歷	1 ＿＿歲拜師張伯祖，認真學習。 2 ＿＿＿＿評斷他將來必成良醫，因而更刻苦學習。 3 四處拜訪名醫學習，一邊行醫一邊蒐集藥方。	1 ＿＿歲開始跟隨父親學習醫術。 2 發願＿＿＿＿＿＿。 3 文獻探討與實際考察。
重要著作	《傷寒雜病論》	《本草綱目》
歷史定位		

參考答案：

人物	張仲景	李時珍
興趣引發	優秀的家庭條件讓他有機會接觸許多典籍，其中特別酷愛醫書。	醫學世家，在家庭環境薰陶下，對醫學有濃厚的興趣。
從醫經歷	1 10歲拜師張伯祖，認真學習。 2 隱士奇人與同鄉 評斷他將來必成良醫，因而更刻苦學習。 3 四處拜訪名醫學習，一邊行醫一邊蒐集藥方。	1 24歲開始跟隨父親學習醫術。 2 發願 編寫正確、實用的藥物學全書。 3 文獻探討與實際考察。
重要著作	《傷寒雜病論》	《本草綱目》
歷史定位	醫聖	曠世藥物學家

9. 這兩篇文本的最後一段所敘寫的重點不同，請評估哪一篇較能「呼應標題」？請說明理由。

參考答案：

1〈醫聖—張仲景〉，因為道出主角的晚年依然醉心鑽研醫術，真是不愧為醫聖之名。

2〈曠世藥物學家—李時珍〉，透過強調《本草綱目》流傳之廣、影響之大以襯托李時珍過人之處，左證「曠世」之詞。

第5組 發明家和開拓者

維新運動的發起者——康有為（西元1858—1927年，清末—民國）

1.（　）百日維新運動就是「戊戌變法」，請問獲得清朝哪位皇帝的支持？

(1) 康熙　(2) 雍正　(3) 乾隆　(4) 光緒

參考答案：(4)

2. 請勾選康有為想發起維新運動的原因有哪些？

（　）(1) 憤慨於清廷的腐敗與無能。
（　）(2) 清廷面對列強的妥協態度。
（　）(3) 上位者的強烈要求與指示。
（　）(4) 同伴的鼓勵與資源的挹注。
（　）(5) 評估西學能解決國家問題。

參考答案：(1)(2)(5)

3. 維新運動失敗的原因是什麼？

參考答案：
(1) 守舊派反對，發動政變。
(2) 袁世凱的出賣。

殺身成仁的思想家——譚嗣同（西元1865—1898年，清末）

4. 請推論作者將譚嗣同定位為「思想家」的原因是什麼？

參考答案：撰寫出維新派第一部哲學著作——《仁學》，內容雜揉各派學說形成一套獨特的哲學體系。

5.（　）譚嗣同是因為中日簽訂了什麼條約，使得他開始積極提倡新學，辦《湘報》，呼籲變法？

(1) 南京條約　(2) 天津條約　(3) 北京條約　(4) 馬關條約

參考答案：(4)

6. 當康有為、梁啟超等這些支持變法的人紛紛逃走之際，譚嗣同選擇以死來殉變法事業。你贊同他的做法嗎？請說明理由。

參考答案：

(1)贊同，因為採用以死明志的激烈做法才能強調決心，喚起大家高度的重視。

(2)不贊同，因為保護好自己的性命將來才能有機會再貢獻所長、發揮影響力。

跨 文本比較

7. 雖然康有為及譚嗣同皆屬於維新派，但是想法與行動略有不同，請完成下表。

人物	康有為	譚嗣同
變法主張		
宣揚行動		

參考答案：

人物	康有為	譚嗣同
變法主張	由上而下	由下而上
宣揚行動	1 多次上書變法奏摺。 2 創辦萬木草堂，聚眾講學。 3 推動成立保國會。 4 面見皇帝慷慨陳詞。	1 辦《湘報》呼籲變法。 2 成立推廣的組織。 3 開設相關課程。

8. 兩篇文本中都有以括號標注西元年份，並提到人物姓名時也以同樣方式標注生卒的年份。請問作者的用意是什麼？

參考答案：
讓讀者更有時間感，並能比對文中人物的出生年代與年齡。

動動腦 想一想

1. 閱讀完這些名臣武將、發明家和開拓者的故事後，我們不難歸納出要成為優秀的人物須具備的特質。觀察一下周遭的人們，誰具備這樣的特質呢？請舉出兩個例子來證明喔！

2. 如果我們想要更深入了解某位風雲人物的故事或作為，那我們可以運用哪些方法找到相關的資料呢？

3. 閱讀這些風雲人物的故事對我們有什麼幫助呢？請舉出一個在生活當中運用的例子。

國家圖書館出版品預行編目資料

風雲人物：100位名人召集令1／管家琪文；顏銘儀圖. -- 初版 . -- 臺北市：幼獅，2019.06-
冊； 公分. --（故事館；60-）

ISBN 978-986-449-157-5（第1冊：平裝）

859.6 108006536

故事館060

風雲人物：100位名人召集令 1

作　　者＝管家琪
繪　　者＝顏銘儀
出 版 者＝幼獅文化事業股份有限公司
發 行 人＝李鍾桂
總 經 理＝王華金
總 編 輯＝林碧琪
主　　編＝林泊瑜
美術編輯＝李祥銘
總 公 司＝10045臺北市重慶南路1段66-1號3樓
電　　話＝(02)2311-2832
傳　　真＝(02)2311-5368
郵政劃撥＝00033368

印　　刷＝崇寶彩藝印刷股份有限公司
定　　價＝260元
港　　幣＝87元
初　　版＝2019.06
書　　號＝984238

幼獅樂讀網
http://www.youth.com.tw
e-mail:customer@youth.com.tw
幼獅購物網
http://shopping.youth.com.tw/

行政院新聞局核准登記證局版臺業字第0143號